如何用雪花写作法创作动人场景

[美] 兰迪·英格曼森（Randy Ingermanson） 著

How to write a dynamite scene using the snowflake method

图书在版编目（CIP）数据

如何用雪花写作法创作动人场景 /（美）兰迪·英格曼森著；王若婷译.
—北京：中国青年出版社，2022.7
书名原文：How to Write a Dynamite Scene Using the Snowflake Method
ISBN 978-7-5153-6662-3

Ⅰ.①如⋯ Ⅱ.①兰⋯ ②王⋯ Ⅲ.①小说创作 Ⅳ.①I054

中国版本图书馆 CIP 数据核字（2022）第094017号

Copyright © 2018, Randall Ingermanson
All rights reserved.
Simplified Chinese edition copyright © 2022 China Youth Book, Inc.
All rights reserved.

如何用雪花写作法创作动人场景

作　　者：[美]兰迪·英格曼森
译　　者：王若婷
策划编辑：刘　吉
责任编辑：肖　佳
文字编辑：方荟文
美术编辑：张　艳
出　　版：中国青年出版社
发　　行：北京中青文文化传媒有限公司
电　　话：010-65511272 / 65516873
公司网址：www.cyb.com.cn
购书网址：zqwts.tmall.com
印　　刷：大厂回族自治县益利印刷有限公司
版　　次：2022年7月第1版
印　　次：2025年9月第3次印刷
开　　本：880mm×1230mm　1 / 32
字　　数：120千字
印　　张：6.25
京权图字：01-2020-1793
书　　号：ISBN 978-7-5153-6662-3
定　　价：39.90元

版权声明

未经出版人事先书面许可，对本出版物的任何部分不得以任何方式或途径复制或传播，包括但不限于复印、录制、录音，或通过任何数据库、在线信息、数字化产品或可检索的系统。

中青版图书，版权所有，盗版必究

目录

前言：想创作轰动一时的小说吗？ ...005

第一部分
故事与场景 009

第一章　读者最期待什么　...011
第二章　故事就是将角色置于考验之中　...023
第三章　每一个场景都是一个微型故事　...033
第四章　每一个场景都需要一个视点人物　...043
第五章　每一个场景都需要一场考验　...063

第二部分
主动型场景 071

第六章　主动型场景的心理动因　...073
第七章　如何设立引人注目的目标　...083

第八章　如何创作引人注目的冲突　...095

第九章　如何创作引人注目的挫折　...105

第三部分
被动型场景 117

第十章　被动型场景的心理动因　...119

第十一章　如何创作引人注目的反应　...127

第十二章　如何创作引人注目的困境　...139

第十三章　如何创作引人注目的决定　...161

第四部分
总　结 173

第十四章　对症下药：修补不成立的场景　...175

第十五章　清单：如何创作动人场景　...191

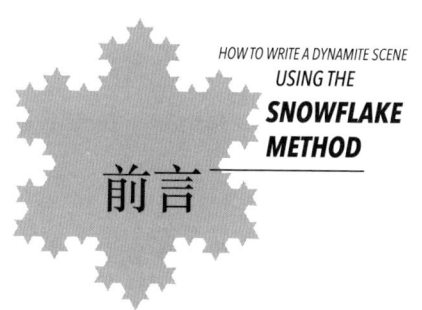

前言

想创作轰动一时的小说吗?

想完成一部风靡当下的小说吗?

相信正在看这本书的你一定动过这个念头。

也相信你其实能做到。

我将帮助你把创作的想法付诸实践。

我的自信从何而来?

要知道,很长时间以来,许多像你一样的人都从我这里得到了创作的启发。

我是兰迪·英格曼森（Randy Ingermanson），由我创作的"雪花写作法"（Snowflake Method）风靡全球，世界各地的作者将我称为"雪花创作者"。

此时此刻，数以万计的写作者们正在雪花写作法的帮助下进行创作。

什么是雪花写作法？

简言之，就是帮助你进行构思的十个步骤。有了它们，你将见证初稿的诞生。

总有人发邮件告诉我，这些步骤像魔法一样解锁了他们的创作力。

请注意，雪花写作法不会让你产生创作力。

因为你早已具备这项能力。

它只是告诉你接下来哪些想法会更具创作性。

这十个步骤你不必完全一一遵循，尽可以依据个人喜好选择，忽视那些你不喜欢的。

前言

雪花写作法的第九步,就是在动笔之前,设计好每一个场景。

设计场景的重要性

为什么场景如此重要?因为好的小说就是用场景说话。

我最开始写小说的时候,场景并没有发挥应有的作用。直到我读到了德怀特·斯温(Dwight Swain)的经典著作《畅销书写作技巧》(*Techniques of the Selling Writer*),醍醐灌顶,其中部分章节启发了我如何创造出具有张力的场景。

如果你能写出一个精彩场景,那么就能写下十个、一百个,而它们就构成了一部小说。

通过多年的教学以及对上百个作者初稿的评论观察,我发现初级、中级写作者最大的弱点就是不知道如何架构强大而有张力的场景。

对于绝大多数作者而言,要想在写作领域取得实质性进展,最快的方式就是学习设计引人入胜的场景。

这本小书就聚焦于这一个话题,帮助你快速掌握设计场景的方法。

正如前面所说，最初我受益于德怀特·斯温的《畅销书写作技巧》，在接下来的数十年时间里，通过深入剖析、不断复盘、简化创新，这本书才得以诞生。

本书的目标之一，就是引导你擅于创设具有张力、引人入胜的场景，并成功调动读者的情绪。

一旦你掌控了场景，那么距离创作轰动一时的小说就不远了。

让我们一同开启这场旅程，好吗？

现在，就翻开下一页吧。

第一部分

故事与场景

第一章

第一章 读者最期待什么

任何读者显然都期待着点什么。

将这期待之物反馈于读者,是每一位作者的使命所在。

那么,期待之物到底为何?

我当然可以直接告诉你那是什么,并且你也会颔首同意——那显然是天下所有读者的心之向往。

但是,单纯的说教并不会让它永远深刻于脑海。

而我希望这期待之物能被铭记。

所以我更愿意将其向诸位展示。一旦看到过、经历过,你便会毕生难忘。它将停驻于心,为你笔下的事物加上灵动色彩。

那么,让我来分享一个小故事,讲的是数千年前,在这个被我们称为"家园"的星球上,我们的祖先居住在一个小村庄中。

当我说"祖先"的时候,就是指字面意思——你的先人、我的先人、每一个人的先人。

不过，现在他只是一位十三岁大的小男孩，是整个村子中最小的，无论是年纪上还是体格上。

这天，一只凶猛的老虎来到村里侵扰羊群。想象一下，你就是那个男孩。

虎之传说

你很愤怒。一场旱灾已在这片土地肆虐数月，羊群是村民远离饥饿的唯一指望。

你很恐惧。只有一个办法能摆脱这只猛虎：组织一次狩猎，找到老虎，杀掉它。但这并不轻松，因为你的世界里没有什么比一只凶残的老虎更为可怕。

村长在全村发出指令："所有人到村庄的广场集合，带上矛。"

当信使来到你的小屋，他摇了摇头，皱起了眉，你太小，还不能参加狩猎。

内心深处，你不得不承认他是对的。就在上个月，才刚满

第一章

十三岁的你,弱小、干瘦、虚弱。

但脑海中的一个声音告诉你,他错了。

如果村民不能将老虎杀死,它将偷走每一只羔羊,将整个村庄带向灭亡。

为了拯救大家,你必须和每一位村民团结合作,猎杀老虎。

你很清楚,也许再没有机会回来。在村庄的广场上,那个说故事的女人所讲的虎之传说,你已经听了不下千遍。你知道,当人们持矛围住老虎,老虎总会寻找其中最弱的一位,并对其展开致命攻击。

有时,是那个人先杀死老虎。

有时,是那只老虎先杀死人。

你很恐惧。但是你知道,你得去。

抓起长矛,你向村庄的广场跑去。

当你到了那里,村长向你微笑,呐喊着为你鼓劲儿。

所有的人都在冲你微笑,为你加油打气。

大家出发了。

无需走远,你便听到了小羊羔撕心裂肺的嚎叫,它正被拖向密林。同时听到的，还有老虎的低声咆哮。

每一位村民都知道自己该做什么。虎之传说，流淌在你们的血液中。

你们呈扇形散开，在听到虎啸的地方围了一个巨大的圆圈。

每当村长喊出前行的指令，你们就往前迈出十步。

他再次大喊，就再前移十步。

一次又一次，十步又十步。

距离老虎越近，胸口就越发绷紧，压迫着心脏，疼痛难忍。

村长一声号令，往前十步。

你的脸，汗如雨下。

村长一声号令，往前十步。

你的膝盖不停地抖动，你怀疑自己下一秒就可能摔倒。

村长一声号令，再往前十步。

终于，战斗的号角在人群中吹响。

百余双手齐齐指向高处橙黑相间的条纹。

树上，一双黄色的眼睛正对着你怒目而视。

它被困住了，距离你所站的地方只有五十步之遥。你能觉察

第一章

到，它在环视四周，衡量着自己的对手们。

这感觉就和你之前每次听到虎之传说时所想象的一模一样。别无二致，或者比那更糟。

村长一声号令，往前十步。

老虎咆哮了。声音如此之大，以至于你能感受到声波就打在肚子上。

还有四十步。那虎直直地看向你。

村子里最虚弱、最瘦小的人。

就如同虎之传说里讲的那样。

整个村庄的命运就在你瘦削的肩膀之上。

村长一声号令，再往前十步。

随着一声怒吼，老虎跳下树，径直向你冲来。

这一幕你早知道会发生。

时间几乎静止。眼看就要被扑倒，你一下想起虎之传说中的那个英雄。

"一定要直视猛虎。如果你转身逃跑，不只有你，你的村庄也将会灭亡。

直视猛虎，要么干掉，要么被干掉。但请直视猛虎。静待那关键的时刻，掷出手中的矛。

杀掉猛虎，即便会以生命为代价。"

即便想逃跑，但是你盯着它，手里的长矛已经被你攥出了汗。

怒吼着，老虎向你径直猛冲过来，速度越来越快。

即便想要赶快转身逃离。

你依旧直视猛虎，等待着最佳时机。

它纵身跃至空中，怒吼犹如雷鸣。

划过一条曲线后，径直扑来。

你等着，等待那最后的时刻。

矛掷出去了。

你被扑倒在地，意识逐渐涣散。

眼前一片模糊之际，最后一个想法涌上你的心头：

"我曾经做过这件事，不下千遍。"

第一章

※

当全身每一块肌肉的痛感袭来,你渐渐醒来,头痛欲裂,只能听到外面鼓乐喧天、觥筹交错、言笑晏晏。

你回到村子中。

天色已晚,大家正在庆贺宴会。

老虎被打死了,你拯救了整个村庄。

见你醒来,村长请大家安静,人们聚集到一起。

那个说故事的女人又讲起了虎之传说。

而这一次的英雄,是你。

随着情节的展开,你仿佛将一切又重新经历了一次:团结一致地包围、毫不动摇地前进、横冲直撞的老虎、搅乱心神的恐惧、最后的凌空一跃、致命一击的抛掷,以及将死之虎的狂怒……

是的,你的确是再次经历着。

但并不是第二次,而是上千次。

上千次,是故事中,在过去的日子里。

只一次,是现实生活里,在今天。

而现在，凭借故事的描述，你又将一切重温。

现实中的围猎与故事中的，只有一处差别：真老虎更可怕一点，但也没那么可怕。

听过无数次虎之传说的你，早已为真实的围猎做好准备。

当故事讲述完毕，村民们爆发出一阵欢呼。

村长拿来被你猎杀的虎制成的那张虎皮。

将它披在你的肩上。

村民轮流将你高举空中，并对你杀虎的壮举表示感谢。

你突然意识到，这不是自己第一次披上虎皮。

每当听到虎之传说，你便化身为故事中的英雄，感受着他的恐惧，直面他的敌手，杀掉他所杀的。

当今天面对真正的老虎，你再次成为那位英雄。

是的，是你猎杀了老虎。

但是，也不光是你。

虎之传说中的英雄成功击杀了老虎。

村中说故事的女人击杀了老虎。

虎之传说击杀了老虎。

第一章

为什么故事如此重要

对于所惧怕的事物,我们的祖先总是以故事的方式谈论它们。为什么呢?因为"故事"可以改变一个人,让他更健壮、更勇敢,带给他希望,让他在漫漫长夜中生存下来。

当你听过虎之传说,你就已经活在英雄的面孔之下,承受他的恐惧,斩杀老虎。

故事能够建立起情绪的肌肉记忆。

当一只真正的猛虎来到你面前,往昔熟悉的情绪体验就会浮现。

数千年来,故事教会村庄如何存活,如何繁荣。

每一个活着的人都迫切地需要故事。

每一个活着的人都迫切地期待故事。

故事并非奢侈的消遣品,也非可有可无的非必需品。

因为它,整个村落才得以保全、繁衍。

故事是什么

故事就是当你以他人的视角经历艰难险阻时所发生的一切。

而所谓"艰难险阻",并不总是老虎。还会有其他的考验,还会有其他类型的故事。

当代小说中,爱情小说是故事中最受欢迎的种类。

爱情小说又是什么?这类故事往往是关于一对儿历经考验的恋人。

考验极其艰辛,以至于双方可能会命丧黄泉。

这样的爱情小说能为你建构起相关的情绪肌肉记忆,维系你与爱人的亲密关系。

就如同虎之传说教会了村落如何繁衍、繁荣。

每一种故事都会建构起不同类型的情绪肌肉记忆。

而你笔下的小说也将带领读者以书中人的身份经历严峻考验。

富有张力的情感体验

面对危险这件事本身就很有意思,这其中可能有某些深层次

的神经学因素存在。

显而易见,面对危险,人能更强大、更勇敢。但是坦率而言,直面现实中的险境着实危险。比如猎虎行动中你只有一次机会。

故事可以让人以一种安全的方式经历危险。它教会我们如何面对恐惧,如何坚持,如何在绝境中仍怀揣希望。当你身无长物,故事会帮助你渡过难关。

而故事之所以能做到以上这些,就在于它深深刻于你的脑海。通过让你经历其他人的生命——见其所见、感其所感、做其所做,故事教会你如何生活。

正是由于这些鲜活庞大的情绪体验,故事才能深入人心。

也正是这些情绪体验创造了你赖以生存的情绪肌肉记忆。比如在激烈的围杀中,当老虎在身后穷追不舍,你一定会忘记他人的谆谆教诲,但一定会记得自己亲身经历过的一切。

故事就如同西蓝花甜饼,尝起来味道甜蜜回味无穷,且对身体大有裨益。

这就是为什么你迫切地需要故事。

这就是为什么你的读者们迫切地需要故事。

这也是为什么作为小说作者，第一要务是给予读者他们最渴望的期待之物——故事。

关于本书

"高阶小说写作"系列丛书将会向你展示如何写出优秀的故事，以给予读者强大的情绪体验。

本书将会教给你一项关键的技能来创作极具张力的场景。你故事中的每一个场景都将牢牢抓住读者的思绪、感官，并产生情感共鸣。

但是在聚焦于场景之前，我们不得不问一个非常重要的问题：故事如何建构出强大的情绪体验？具体是如何实现的？

答案其实非常简单。

故事拥有两大关键要素。是的，只有两个。

翻开下一页，来看看是哪两个吧。

第二章　故事就是将角色置于考验之中

故事如何能建构出强大的情绪体验?

通过将**角色**置于**考验**之中。

角色，即读者能够直接建立联系并代入的存在。在故事的开头，读者渐渐走入角色。随着阅读的深入，他便与角色合而为一：见其所见、闻其所闻、感其所感。

正因如此，如果作者只是单纯展示角色的日常生活，那无疑将会非常无聊。

但故事远胜于此，因为它将角色置于考验之中。而考验从不会无聊，它通常意味着惊险甚至恐惧。

无论哪一种，读者都将面对情绪的冲击。他将与角色一同感受，由此产生的体验也将深深印刻于脑海。

角色、考验，正是故事所需要的两大关键因素。

二者缺一，你都无法建构出强大的故事。

角色为何

角色，通常都是带有某种动机的人物，比如想得到某样东西、想成为某种人、想完成某项事业等。这些动机就是角色的**故事目标**。随着小说不断展开，角色越发明白自身的目标指向，并为之更加努力。

本书将以苏珊·柯林斯的《饥饿游戏》、戴安娜·加瓦尔东的《异乡人》(被诅咒的婚约)、马里奥·普佐的《教父》为例，深入探讨小说创作的相关问题。

现在，先让我们看看这三部作品中的角色。

★《饥饿游戏》主角：凯特尼斯·伊夫狄恩

十六岁女孩凯特尼斯生活在未来世界一个反乌托邦式的国家，凯匹特位于国家中心，并执掌着周边贫困地区的经济命脉。生活困顿的凯特尼斯和她的家人每天都食不果腹，最大的愿望就是活

下去。得知妹妹被抽中参加饥饿游戏,凯特尼斯挺身而出、自愿顶替。她将与另外二十三名少男少女跨入竞技场,战斗到死,最后的幸存者将成为胜者。凯特尼斯当然想赢下这场残酷竞技。

★《异乡人》主角:克莱尔·兰德尔

1946年二战刚刚结束,英格兰护士克莱尔·兰德尔在度假时间,来到苏格兰与丈夫重逢。在古老的巨石阵中,不经意间,她跨过了时间的穿越之门,来到了1743年的苏格兰,并被地方领主所俘虏。这位领主生性多疑,试图搞清楚她是谁、从哪里来。对此,克莱尔无法说出自己是时间旅者的事实,她唯一想做的是找到巨石阵,回到1946年。

★《教父》主角:迈克·柯里昂

故事发生在1945年,迈克·柯里昂是黑手党统领唐·维托·柯里昂最小的儿子。几年前,他违背父亲的意愿参军,在战争中表现英勇,直到受伤才选择复员。现在,迈克在大学就读,期待过上正常人的生活:完成学业、和女友凯结婚、找一份正直体面的工作。无论如何，他都想逃离自己从小长大的罪犯家庭。

考验为何

考验即角色无法达成愿望的原因。她往往会受到来自以下三方面的阻碍：其所生活的世界、其他角色、自我内心的冲突徘徊。

读者之所以会与角色产生共鸣，就在于他们也会有求而不得的时候。或许读者所需要的和故事的主角并不相同，但这种心境却彼此相通。

每位读者都将面临自己的考验。阅读书中角色的经历，会让他们觉得自己的生活还不算太糟。

考验不仅将角色与她所坚信会带给自己幸福的事物所隔绝，同时还会让角色承受巨大的痛苦，而这也正是故事值得被读的地方。

现在让我们一同看看这三部作品中，考验是如何发挥作用的。

第二章

★《饥饿游戏》中的考验

凯特尼斯渴望活着,是什么阻挡了她?

为了活命,竞技场上其他二十二位青年人都迫切地想一刀了结了她的性命。许多人为了这场游戏自小便开始训练,他们渴望赢得名誉、财富、荣耀。而那些职业选手则更强、更快,往往能给人致命一击。

竞技场上堆满了武器,摄像头到处都是,向嗜血的公众直播着这场残暴游戏。一切都在游戏制定者的执掌之下,他们强迫这些孩子互相残杀。

但是,与凯特尼斯来自同一个区的男孩皮塔·麦拉克,并不想谋害她。他只想杀死凯特尼斯的敌人,这样,自己五岁就喜欢上的女孩就能活下来。然而凯特尼斯并不买账,她不相信有谁会蠢到如此地步,并将皮塔视作自己最可怕的对手。

那么,在凯特尼斯被其他人撕成碎片之前,她能将猜忌释怀,选择相信皮塔吗?

★《异乡人》中的考验

克莱尔·兰德尔想重返属于自己的时代，是什么拦下了她？

起初，她被地方领主科拉姆·麦肯锡所抓捕。科拉姆怀疑她是英格兰或法国的间谍，或者其他更可怕的身份。在他心里，克莱尔是一个英格兰女人，被抓住时正四处闲逛，且给不出合理的解释，显然她没安好心。

除了科拉姆，克莱尔还面对着一个更怕的敌人。距威廉堡不远，她遇到了丈夫弗兰克的先祖杰克·兰德尔，他担任英格兰军队统领，性格残暴，对克莱尔满腔仇恨。

与此同时，克莱尔也有一位真诚的朋友陪伴左右——詹米·弗雷泽，一位年轻的苏格兰人。他高大、英俊、健壮，并对克莱尔心生爱慕。在来到1743年的六个星期后，克莱尔被迫嫁给了他，很快，她就发现自己也爱上了对方。他们心有灵犀，这是克莱尔与弗兰克之间所从未有的。只是，她确实与弗兰克结婚在前，这对她而言依旧十分重要。

那么，克莱尔能找到时间的穿越之门，回到弗兰克身边吗？又或者，她是否真的能离开詹米？

★《教父》中的考验

迈克·柯里昂只是想获得体面、正派的生活。是什么妨碍了他？

毒枭维吉尔·索洛佐，被大家戏称为"土耳其人"，受纽约一黑社会家族的庇护。他曾向迈克的父亲维托·柯里昂提议做一笔大买卖，但是被拒，便策划暗杀维托，而且此举差点成功。命悬一线的维托无法做出决断，而其家族也深受重创，陷入了与索洛佐乃至塔塔利亚家族全面开战的局面。

虽然迈克有两个哥哥，但都没有领导才能。柯里昂家族手下众多，而他们要想活着，就必须杀掉索洛佐。这一重任最终落到了迈克的身上，即便这会让他陷入自己深恶痛绝的犯罪生活。因为杀了索洛佐和一位纽约警察局局长，迈克不得不踏上逃亡之路。

那么，他能在动荡生活中再次找到内心的平和吗？他那出身正派、家教诚实、勤勉的女友，后来又怎样了呢？迈克能逃脱成为下一任教父的命运吗？

故事如何创造出具有感染力的情绪体验

角色如何挺过考验正是故事所要讲述的。她将斗争、斗争、再斗争。这些斗争不局限于肉体,大多数还涉及情绪及精神世界。尽管角色可能会经历败北,但至关重要的那场斗争总是在最后才来。故事可能会有三种结尾:

- 圆满的结局:角色最终战胜考验
- 悲伤的结局:考验最终战胜角色
- 苦乐参半的结局:角色与考验难分胜负

就完整的故事而言,通常会有以上三种结局。而它们也将帮助你完成故事的主体内容,并传递出强有力的情绪体验。

值得注意的是,这些体验并非只在结尾出现一次。故事的篇幅或许会很长,读者也绝不是为了结局而阅读。他们更多的是为了体验一系列扣人心弦、富有张力的情绪冲击,一遍又一遍、一波接一波。

而作者所需要做的,就是尽可能多地以文字创造出情绪上的冲击。

第二章

要想达到如此效果，你可以将故事划分为一连串场景，*尽量使每一个场景都有爆点*，并足以刺激读者的神经。

有一个简单的窍门可以确保每个场景都饱含强大的冲击力。

在下章，我们将对此进行分享。

第三章　每一个场景都是一个微型故事

我们已经介绍到，作者需要在每一个场景中都对读者产生情绪上的冲击。

那么，该如何做到这点呢？窍门又是什么？

其实很简单，你只需记住：*每一个场景就是一则微型故事*。

这绝不是在绕圈子。我们已经知道，故事由一系列场景组成。

关键点在于，场景本身就是一个微型故事：由起因、经过、结果共同构成，并能传达出情绪体验。

场景，就是故事中的故事。

这是确保每一场景都能击中读者的心房的秘诀。

它们之间的逻辑是浅显易懂的：因为每一个场景都是微型故事，且每一个故事都能带来有冲击力的情绪体验，所以，每一个场景也都能带来有力的情绪体验。

尽管这显而易见，但如果你翻看评论文章或者阅读那些遭受批评的场景片段，你将会惊讶地发现，大多数情况下，场景并没有以正确的方式被创作成故事：它或是作为补充小说的背景，或是单纯用来塑造人物角色，或者只是一阵闲谈……不管怎样，都与故事相差甚远。

如果场景不能成为故事，于它自身而言，就不是一个好场景。

始终铭记这条写作法则，你将在创作中取得跨越式进步。

每一个场景都是一个微型故事。

无一例外。

每一个场景都需要一个深陷考验的角色

如果每一个场景都是一则微型故事，而每一个故事都展示了一个深陷考验的角色，那么，每一个场景也将需要一个陷入小考验的角色。

具体言之，在故事的主体内容中，主角将会与一个主要的考验展开斗争。

但由于故事的主体是由许多场景,即微型故事组成,所以在每一场景,角色都将陷入该场景中的磨砺之中。与故事的主要考验相比,各个场景下的考验远没有那么严峻。如果说主要考验将会贯穿故事始末,那么场景考验只局限于场景本身。

对于所写下或者编辑的场景,你可以问自己如下问题:

• 在这一场景中,谁是主要角色?

• 在这一场景中,考验是什么?

这两个问题极具价值。

本书接下来的部分将探讨相关的细节问题。现在,让我们看一看上一章中所提到的三部作品中,是如何建构场景的。

★ 《饥饿游戏》中的场景

在"游戏"开始之前,凯特尼斯与其他青年都会进行几日专门训练,等时机成熟,每人都有机会在游戏制定者面前展示个人的特殊技能,并得到相应的等级评分,这些评分将帮助他们在正式游戏中获取支持。

凯特尼斯常年在外打猎捕食,所以练就了一身过硬的射箭本领。在幸运地找到了弓箭之后，她决心在个人展示中大显身手。

但是这些弓箭与她之前使用的那些并不相同，所以在当天展示中，最一开始的两箭并没有命中目标。而等她好不容易调试好状态，那些游戏制定者们却已对她丧失了兴趣，他们都目不转睛地盯着自助餐桌上那只巨大的烤乳猪。

凯特尼斯非常生气，她虽然不是最强壮，也不是最快的，但毕竟也有一技之长，他们怎么就不能看看自己呢？随着怒火慢慢填满胸腔，她将一支箭放到弦上，用力一拉，箭头冲游戏制定者们笔直而去。他们顿时失声尖叫，四散逃离。等回过神来，那箭早已稳稳地射中了烤乳猪嘴巴里的苹果。

在这一场景中，凯特尼斯是主人公。

而考验则由以下几部分组成：

- 凯特尼斯只有宝贵的几分钟打动游戏制定者，为自己赢得一点优势。
- 新的弓箭不好上手，于是她错失良机，没能留下良好的印象。
- 当她好不容易将一切调整就绪，却发现游戏制定者们似乎对她的表现并不在意。

第三章

★《异乡人》中的场景

克莱尔·兰德尔刚刚跨过巨石阵,周身异样的感觉让她不明白到底发生了什么。晕头转向之中,她向山下的平原走去。突然,她看到六个苏格兰人正与一些红袍士兵打仗。克莱尔以为自己走入了电影摄制场地,所以返身走入树林。就在这时,她被人猛地一抓。此人极像她的丈夫。他告诉克莱尔,自己是乔纳森·兰德尔将军,并要求克莱尔亮明身份。他上下打量克莱尔的衣着打扮,怀疑她是妓女。这在克莱尔看来荒谬至极,因为自己的穿着非常日常。

她试图挣扎逃跑,怎奈对方孔武有力、行动迅捷。面对盘问,克莱尔无法解释清楚自己是谁、为什么来这儿,而且也无力逃走。恐惧渐渐袭上心头:他会杀了我吗?会强暴我吗?

就在这时,一位身材矮小、瘦而结实的苏格兰男子击倒了兰德尔将军,把克莱尔拽到了灌木丛中,并将她推倒在地。克莱尔正要反抗,却不知头部被什么所击中,一下晕了过去。

在这一场景中,克莱尔是主人公。

她的考验分为以下几个部分:

- 只身来到1743年的世界,却还不自知。
- 被正与苏格兰人激战的邪恶的兰德尔将军所抓获。
- 以1743年的标准看,她身着时髦的薄连衣裙,有如荡妇一般。
- 她说不清自己为何会在此地,故而被兰德尔将军怀疑是间谍。

★《教父》中的场景

自从父亲维托被枪击之后,迈克·柯里昂的生活就一团糟。柯里昂家族高度警觉,一边担心敌手索洛佐的下步举措,一边筹谋着复仇事宜。在他们看来,迈克更像是战区中手无缚鸡之力的平民,派不上什么用场。而他,也的确如此。

维托所在的病房及医院都被重重守卫:病房门外,两位警探全副武装;病房内、医院大厅乃至外面的街道,都有家族的手下严加把守。一天深夜,探视时间刚刚过去,迈克乘坐出租车来看望父亲。但是,他惊恐地发现,无论是街道、医院大厅,还是病房及所在楼层,到处都找不到家族守卫的影子,就连警探也不见踪迹。无人防卫,教父处境极为危险。

第三章

值班护士告诉迈克,就在几分钟前,这些人才刚刚被清走。他立即意识到,又一场击杀事件即将发生,可能就在下一秒。他连忙致电哥哥,请求立即增派援兵,并让护士将父亲推到另一间病房。在告诉父亲无论听到什么都不要出声之后,迈克走下楼梯来到外面的大街。尽管他只身一人、手无寸铁,但他要尽其所能阻止暗杀,阻止对方找到父亲。那么,他能够支撑足够长的时间,以等到自己家族的支援力量吗?

在这个场景下,迈克是主要人物。

他的考验由以下几部分构成:

- 父亲维托身体虚弱,日常注射镇定剂,行动不便。
- 所有的家族守卫都已经被警察清走。
- 两位警探都被叫走。
- 另一场暗杀事件即将到来,但留给支援力量到来的时间所剩无几。

通过考验

故事中的场景会讲述该篇目下的主要角色是如何通过考验的。一旦角色挺过磨砺,这一场景也随之结束。

接踵而来的,便是下一场景的下一考验。新考验的部分构成因素可能会与之前的考验一样,但是至少原有考验的某些旧因素已经被瓦解。至少每一次考验,都会有新的元素。

让我们来看看,在刚刚的例子中,主人公们是如何通过考验的。

凯特尼斯:

凯特尼斯的考验在于没有把握住自己个人展示的15分钟。通过将箭射向游戏制定者,她得以打破僵局,并再也不会陷入类似的境地,因为游戏制定者们已经对她印象极其深刻了。而接下来的考验,就将来源于她刚刚打造出来的令人过目不忘的印象。

克莱尔:

克莱尔的考验在于她被兰德尔将军抓捕。是一位神秘的苏格

第三章

兰勇士救她于危难之际,他们一起从邪恶的将军身边逃走。但考验并没有结束,她接着被这位苏格兰神秘人拘禁,而他的族人也如兰德尔将军一样对克莱尔的身份颇多猜忌。

迈克:

迈克的考验在于杀手们即将到来,而他们也都知道迈克父亲的藏身之处。通过转移父亲的病房、呼叫哥哥增派援助力量,迈克暂时缓解了危机。而他接下来的困难将来自外面的街道,他将静候杀手来临,并尽力拖住他们15分钟。

✼

所以,在每一个场景的末尾,你都会解决该场景的困难,并开始构思新一轮的考验。

那么角色呢?是否也需要新的角色呢?

这里你可以选择:或在下一场景中用同样的角色,或者换一个不同的角色。通常情况下,你的故事可能只需要几个足够重要的角色，让他们来推动故事情节的发展。也有些小说可能只有一位这样的角色。

本书后面的内容，将关注于角色以及场景考验的设置细节。

让我们先从相对简单的角色设置开始。

在你动笔创作场景之前，关于人物，你需要思考三个重要的问题。

翻到下一章，来看看这三个问题是什么吧。

第四章 每一个场景都需要一个视点人物

每个场景都不会在情感态度上保持中立。

假如,你正在描写抢劫银行的场景。这一幕一定惊心动魄,给予读者强大的情绪体验。

但问题是,这些是谁的情绪体验?

读者自然会对强有力的情绪产生共鸣,但是与谁共鸣呢?为了能够深切地感受,读者需要深入某个角色之中。

你会让他与抢劫犯产生共鸣吗?可能他急需这笔钱支付手术费,以挽救自己身患癌症、命不久矣的母亲。

你会让他与年迈的保安产生共鸣吗?可能还有三天,他就能圆满退休,到海边漫步,从此远离追捕坏人的生活。

你会让他与年轻的人质产生共鸣吗?可能他踏入银行只是为了办理一个新的账户,但如今炸药的引线却缠绕于他的额头。

读者究竟会与谁产生共鸣

所以,关于场景,第一个问题是,你选择让读者与哪一个角色建立心理认同?我们可以把这一角色称为**"场景角色"**,以表明他是该特定**场景考验**下的主角。对此,已经有标准术语对其进行规定——视点人物(POV Character)。

读者能感受到什么,全都取决于你所选择的视点人物是谁。

一篇故事通常会有多个角色,至少六七个,甚至更多。

那么,在你正构思的场景中,应该如何选择视点人物呢?

这个问题没那么容易得到答案。

比如,有的作者可能通篇只设置一个视点人物。这种情况下,就没有什么选择的余地。一旦确定了整个故事的视点人物,那么每一场景的视点人物也随之确定。

但正如前文所讲,一篇故事通常会有多个视点人物,所以你必须在动笔之前做出选择。

有一个值得借鉴的经验是,你可以思考哪位角色在这一场景下会失去得更多(经受更大的考验)?

这样的人物通常会带来更强烈的情绪体验，所以大概率会成为具有张力的视点人物。要知道，你的目标就是，在每个场景下让读者跟随视点人物获得丰富的情绪体验。

回想一下第一章的《虎之传说》。

村长、讲故事的女人、杀虎少年的父母……他们都可以成为视点人物，但他们都不会面临被猛虎击杀的困境。

该场景中，将付出最大代价的，是被老虎视为袭击目标的那个人。这也是为什么那个少年成了视点人物。

总结而言，第一个问题即决定谁将成为视点人物。

一旦选好视点人物，就可以开始思考第二个关键选择了。

你得尽可能地把故事讲得生动，让读者在脑海中产生画面感。这意味着你需要考虑……

镜头应置于哪里

假如创作就是拍电影，关于如何呈现画面，其实有许多选择。比如：

- 可以采用过肩镜头，拍摄外部世界，展示角色所见所闻。

- 可以将镜头放置于某一位角色面前拍摄特写，聚焦于该人物本身。

- 也可以将镜头拉远，拍摄全景而不聚焦于某一个人物。

- 还有许多其他选择。

但是创作小说又要比拍摄电影复杂得多。电影只有影像和声音，而故事除此之外，还要讲述视点人物的所思所感。

这里提供六个可以借鉴的方法。每一个方法都对应一种视角。让我们举例介绍一下这些方法。

★ 方法1：第一人称视角

在第一人称视角下，人称代词"我"经常出现，故事的叙述由视点人物展开，仿佛该角色就是作者本人。作者只把视点人物所看到、听到、尝到、触碰到、闻到或者感受到的，展示给读者，视点人物的盲区自然也会成为读者的盲区。

下面这一小段，以第一人称视角的方式，改写了《虎之传说》。

怒吼着，老虎向我径直猛冲过来，速度越来越快。

即便想要赶快转身逃离，

我依旧直视着它，等待最佳时机。

它纵身跃至空中，怒吼犹如雷鸣。

划过一条曲线后，

径直扑来。

我等待着那最后的时刻，

掷出了手中的矛。

老虎将我扑倒在地，我的意识逐渐涣散。

眼前一片模糊之际，最后一个想法涌上心头：

"我曾经做过这件事，不下千遍。"

值得注意的是，在第一人称视角中，读者只被放置于视点人物之中，而非其他角色。所以，读者对于该人物的所思所想了解得一清二楚。

至于其他角色在想什么，比如老虎、村长等，读者就只能通过视点人物的所见所闻自行判断。

总结而言，这种视角下，读者只深入视点人物的内心，而外在于其他角色。

★ **方法2：第二人称视角**

在第二人称视角下，作者会把读者视为视点人物，第二人称代词"你"会经常出现。在这种情形下，作者同样只能展示视点人物所知晓的。

下面一小段将以第二人称进行改写。

怒吼着，老虎向你径直猛冲过来，速度越来越快。

即便想要赶快转身逃离，

你依旧直视猛虎，等待着最佳时机。

它纵身跃至空中，怒吼犹如雷鸣。

划过一条曲线后，

径直扑来。

你等着，等待那最后的时刻。

矛掷出去了。

你被扑倒在地，意识逐渐涣散。

眼前一片模糊之际，最后一个想法涌上你的心头：

"我曾经做过这件事，不下千遍。"

值得注意的是，第一人称与第二人称视角叙述的唯一不同，

就在于对人称代词的描述。无论在何种情形下,读者都只与视点人物建立内部联系,并外在于其他角色。

★ 方法3:第三人称视角

在第三人称视角下,故事的叙述不会以读者和作者作为视点人物,而是设置一个全知的第三人。与前两种情况一样,读者只能知道视点人物所知道的。

但这一次,你将不能使用代词"我"或"你",所以需要为视点人物提供一个名字(这也是为什么我在写《虎之传说》时,用的是第二人称,因为我不太清楚村子里的人如何称呼那位少年)。

现在让我们看看这一段如果用第三人称,该如何进行改写。既然需要为视点人物命名,那么就叫我们的英雄"扬"吧。

怒吼着,老虎向扬径直猛冲过来,速度越来越快。

即便想要赶快转身逃离,

扬依旧直视猛虎,等待着最佳时机。

老虎纵身跃至空中,怒吼犹如雷鸣。

划过一条曲线后,

径直扑来。

扬等着，等待那最后的时刻。

矛掷出去了。

扬被扑倒在地，意识逐渐涣散。

眼前一片模糊之际，最后一个想法涌上他的心头：

"我曾经做过这件事，不下千遍。"

值得注意的是，在第三人称视角下，我们只是在视点人物的名字与人称代词之间进行替换。至于如何将它们组合起来并没有硬性规定，但如果你想叙述清晰，就需要避免人名的重复。

在这种情况下，读者也是只能通过视点人物来进行感知，并外在于其他角色。

★ 方法4：第三人称客观视角

第三人称客观视角与普通的第三人称视角很相像，但是有两处明显的区别：

• 在第三人称客观视角中，作者是从外部对视点人物进行描写，而非内部。所以读者能够看到角色本人的盲区，比如蜘蛛在

他的脑袋上方爬来爬去。

• 在第三人称客观视角中，作者无法描摹出视点人物的内心活动或者主观感受。

这种创作模式，就仿佛是用摄像机从外部观察视点人物，并期待读者能够从人物的语言、行为、面部表情，推测出他的内心想法以及感受。

运用第三人称客观视角进行叙事并非易事。它会强迫作者，也就是你，像演员一样去思考。在影片中，每个演员都必须通过自己的面部、语言、行为来展示自己的所思所感（除非导演决定用画外音将人物的内心活动大声说出，但这一做法很少在电影中运用）。

让我们回到《虎之传说》，来看看在第三人称客观视角下，应当如何从外部展示英雄的内心活动及感受。

怒吼着，老虎向扬径直猛冲过来，速度越来越快。

扬浑身战栗，仿佛就要转身逃离，但他没有。

他依旧直视猛虎，等待着最佳时机。

老虎纵身跃至空中，怒吼犹如雷鸣。

划过一条曲线后，

径直扑来。

扬等着，等待那最后的时刻。

矛掷出去了。

老虎将扬扑倒在地。

注意改写中的变动。在第二句中，我们不能直接说出扬的内心想法，因为我们是从外部对其进行描述。所以只能描述他的身体在发抖，以表明他可能想逃走，以及他最终并未向后挪动一步。这种改写，确实会需要一点时间。

而在最后一段，我们也不能直接了解到扬在想什么，因为我们无法触及人物的内心。所以那句人物的内心独白就被删去了，加之确实无法从人物的外部表现来揭示其当时的内心想法，所以也无法做过多改写。由此可见，如果要在这一视角下进行描述，我们可能会损失掉一点东西。

在第三人称客观视角下，读者外在于所有的角色，包括视点人物本身。

★ 方法5：跳跃视角

这种叙述视角是比较受争议的。很多作家、编辑认为该视角并不实用。但也有一些人会觉得它不仅有效，而且还很好用。就个人而言，我并不怎么使用该视角进行叙述。但是我并不打算对此避而不谈，因为也有人会喜欢这种视角。

那么，什么是跳跃视角？它是第三人称视角的某种变形——在同一场景中，叙述视角将从一位视点人物转向另一位。

对该视角应用持否定态度的人认为，这意味着在同一场景中，读者将会附身于多个视点人物，以至于他难以分清应当以谁为主，这当然无益于故事的展开。

而认可这一视角的人则认为，如果你想捕获某一场景中的所有情绪，就必须能够进入到多个角色的内心世界。比如，这一点尤其能体现在爱情小说的场景中，因为这时关系本身就是主角。所以你可以这样理解，因为读者要看的是爱情关系，而这肯定会涉及两个人，所以在同一场景中与两个角色建立内在联系，是非常正常的。

但我不会告诉你将如何去做，你尽可以有自己的思考。

让我们看一看《虎之传说》的例子。我会在中间部分进行叙事视角的转换，从扬转换到年迈的村长奥尔德。由于在原版中并没有奥尔德的角色，所以我将做些许调整。

怒吼着，老虎向扬径直猛冲过来，速度越来越快。

即便想要赶快转身逃离，

扬依旧直视猛虎，等待着最佳时机。

老虎纵身跃至空中，怒吼犹如雷鸣。

划过一条曲线后，

径直扑来。

扬等着，等待那最后的时刻，

掷出了手中的矛。

与此同时，他也被扑倒在地。

矛穿透老虎的后背，只差毫厘就能命中心脏。

在濒死的痛苦下，这庞然大物蜷缩起爪子，弓着身子，怒吼着。

奥尔德向这边大跨步跑来，这一步仿佛有一个世纪那么漫长，幸而他及时将手中的矛刺中了老虎的心脏。

老虎轰然倒在扬的身上。

第四章

焦急万分下，奥尔德将老虎的尸体拨到一边：扬的状况怎样？自己来晚了吗？自己还有机会再快一点吗？

就在他把老虎从男孩身上拽下来时，一个想法突然闯入他的脑海：

"*我曾经做过这件事，不下千遍。*"

这一段以扬的视角为起点。直到他掷出手中的矛，我们的视角才得以从他身上抽离，把镜头移出去展示他被扑倒的情景（而非扑倒后的意识涣散——由于我们不在人物的内部，所以无从得知）。之后的几行是第三人称客观视角，我们不在任何人物的内部。接着，奥尔德登场，奔跑，抛掷出矛，接着我们走进他的内心，并知晓了他的心理活动。叙事过程中实现人物视角的跳跃。

在跳跃视角中，读者一会儿在视点人物内部，外在于其他人物；一会儿从视点人物内部跳跃出来，置于所有人物之外；一会儿又进入到新的视点人物内部，外在于其他人物。这有点像是一个场景中有两个小场景。在同一场景中，你当然可以多次使用这种视角方法，但请注意，多次视角的跳跃可能会使读者晕头转向。

★ 方法6：全知视角

近来，全知视角已经很少被使用了，它多用于19世纪。在全知视角下，作者似乎赋予读者一双"上帝之眼"。你可能会认为，视点人物就是全知全能的上帝，的确，作者对故事来说无异于主宰者，所以你也可以说，这个全知视角下的人物，就是作者。

运用全知视角，读者能够知道所有角色的所思所感。事实上，读者甚至还能知道角色所不知道的，比如村庄悠久的历史、时下的思想动态、未来的图景等。所有这些，身在其中的角色可能无从得知，但是读者却可以。

全知视角的运用，可能很难一下成功，但确实可以一试。

《虎之传说》主要集中于一个视点人物，为了以全知视角重新改写这一段落，我们将把镜头放得远一些，在保留扬、奥尔德的基础上，再加进来一些角色，比如村子里的其他人，以及老虎。

你可以自行判断，这样讲故事会不会好一些。

怒吼着，老虎向扬径直猛冲过来，速度越来越快。

它知道，人类都是很虚弱的，而眼前这个小个子是这群人中最不济的。它将要像踩蚂蚁一般将这个人碾压致死。

第四章

和在这之前的无数个人一样,扬感觉自己身上每一个细胞都想要赶快转身逃离。

和在这之前的无数个人一样,扬直视着猛虎,等待着最佳时机。

他隐约知道,有一队族人手持长矛正向他加速赶来。但他不知道的是,没有人能离他足够近并施以援手。距离他最近的,是奥尔德,但他已经被老虎的怒吼所震慑,吓得一动不动。

就在这生死关头,没有人能救他,除了他自己。

眼看一切都将来不及,族人们大吼:"奥尔德!"

奥尔德从恍惚中清醒过来,他握紧手中的长矛,加速冲刺。

老虎纵身跃至空中,怒吼犹如雷鸣。

划过一条曲线后,

它张开利爪准备在男孩脖子上来一个致命一击。

扬的心越跳越快,他等着,等待那最后的时刻。

矛掷出去了,刺中了老虎的胸膛,距离心脏只有毫厘之差。

虽然这一击并不致命,但突如其来的疼痛,让它牙关咬紧,错失目标。在濒死的痛苦下,重达500磅的虎躯不断战栗,它拼尽怒火向男孩冲过去。

奥尔德向这边大跨步跑来，半秒之后，他及时将手中的矛刺中了老虎的心脏。

老虎轰然倒在扬的身上。

在场所有人都屏住了呼吸：扬的状况怎样？是死是活呢？

奥尔德看着老虎的尸体，他还不知道结果，但这决定着他作为村长的命运。一个月后，将会有更年轻、更强壮、更勇敢的年轻人顶替他，而他将会去送死。但此时此刻，奥尔德所能想到的，是他辜负了扬，他该如何面对男孩的父亲母亲？

《虎之传说》已经被重演了十万余次，但只有两种结局：

英雄活着，

或者牺牲。

在全知视角下，虽然读者外在于所有的角色，但角色于他们而言却几乎透明。他们不仅能看透角色的心理活动，还能知道角色所不知道的。所以，全知视角不只是更大范围的跳跃视角，它要远超于此。

我从来不是全知者，但我敢打赌，它比看起来要难。

使用全知视角也是如此。

第四章

现在,我们已经讨论过在构思场景时,需要思考的三个问题中的两个:选择视点人物、选择叙述的视角。那么还剩下最后一个问题。

这一幕该发生在何时

如何将故事放置于时间线中,这里有三个简单的方式:

- 过去时
- 现在时
- 将来时

过去时:

在过去时下,故事便发生在过去。这是小说最常用的写作方式。下面的例子,便是第三人称视角叙事,以过去时的方式呈现:

扬一直等到了最后的时刻。

他掷出了手中的矛。

老虎向扬冲了过去,将他扑倒在地。

现在时：

在现在时下，故事就仿佛发生在此时此地。这种时态正变得越来越常用。请看下面的例子：

扬等着，等待最后时刻的出现。

他掷出手中的矛。

老虎向扬冲过去，将他扑倒在地。

将来时：

在将来时下，仿佛文中的故事注定将在未来发生。这种用法很少见，因为这会造成未来一切注定的感觉，但其实读者更喜欢留有选择的空间。

为了展示将来时的用法，我们可以想象村庄讲故事的女人给扬讲故事时的口吻，比如如果面对老虎他该如何做，就像下面这段：

老虎起跳时，你将要时刻准备好手中的矛，不过在此之前，你需要等待。

当老虎瞄准了你，当它起跳的身影挡住了太阳，当你甚至都不再相信自己可以活着，你依旧要耐心等候。

一直等，等到最后一秒。

第四章

等到你知道，知道你不能错失良机，就在这一秒，你要扔出手中的矛。

用尽全身的力量，笔直地将矛插入老虎的心脏。

在怒啸中，老虎将把你扑倒。

下一秒，你的生死都在上帝的一念之间。

但不管怎样，你终将杀死老虎，

终将拯救村民，

终将永远活在《虎之传说》中。

这是人物所需要的全部了吗

在这一章中，我们已经讨论过创作场景时所需要思考的三个问题：

- 谁是你的视点人物？
- 叙述视角该如何选择？
- 在叙述时应该选择何种时态？

你可能会认为关于人物其实还有很多可以探讨，比如人物的动机、人物的价值观、人物与故事背景的关系等。

这些都是重要的问题，值得用一本书的篇幅进行探讨，甚至不止一本书。

但是在这本书中，我们将聚焦于一个中心问题：

我们应如何建构场景，向我们的读者传递富有感染力的情感体验？

我们知道答案就是将视点人物置于场景考验之中。

而现在，我们已经对视点人物了解得足够多，可以有效地做到这一点。

值得注意的是，尽管我们可以在不同的场景考验中重复使用某一个视点人物，但是，我们必须为每个场景都构思出新的考验。这就使得场景考验要比视点人物更加复杂。

接下来，我们就要对此进行探讨。

让我们开始吧。

第五章 每一个场景都需要一场考验

在开始之前,让我们回顾一下之前的内容:

场景即微型故事,而故事就是人物经受考验的记录,所以场景就是视点人物处于场景考验之中的记录。

那么就有两种"考验"需要我们加以区别:

- 故事考验
- 场景考验

故事考验,即在整篇故事中,会威胁甚至毁掉主要人物生活的一切。它的内涵很宽泛,包括你所建构的故事世界、主要人物的生活经历、其他人物的生活经历等。

同时,对于作者你来说,这也是巨大的挑战。

你会不自觉地希望用大量文字向读者阐释,为什么故事考验对主要人物来说是如此严峻。

抑制阐释故事考验的冲动

别那么做。读者想要知道的是，此时此地正发生着什么。不是发生在昨天、去年或者一千年以前的事，也不是发生在隔壁房间、其他城市或者国家的事。那些可能也是故事考验中的关键部分，但不要全部告诉读者。

那么，该如何创作场景呢？如果不作太多阐释，又该如何下笔呢？

答案其实很简单。场景考验就是此时此地正在威胁视点人物的一切。在每一场景中，请尽情阐述该场景的考验。

但是，不要超出必要的范围。

请确保你所讲的恰好正是场景成立所需要的。

如果读者需要知道年份、地点、天气，那么就写明，让它们与场景融为一体。

如果读者需要知道导致视点人物痛苦的原因，那么就在该场景中加以解释。

如果读者需要知道视点人物所面临的地理状况，那么就在该

第五章

场景中进行说明。

如果读者需要知道一件导致视点人物当下痛苦的往事,那么就讲一讲在他身上曾经发生过什么。

你或许也曾思考,如何才能阐释出你创造的美妙的背景故事和精彩绝伦的故事世界。

不要着急,你总会到达这一步的。

请记住,场景考验只会存续于一个场景之内。

在场景的末尾,视点人物将会打破该场景考验的囚笼。为此,他可能会付出某些代价,但是场景考验终会被摧毁。在下一场景中,又会出现新的考验。

场景接连而至,一组场景考验将被展示于读者面前,它们将在读者的脑海中叠加,并指向故事考验。在故事的最后,关于故事考验,读者终会知道他该知道的一切,并真正理解故事。

而他总会在适当的时候,得到那条线索。

场景的形式

在过去的几个世纪中,作家们发现场景具有两种有效形式。只有两种:

- 主动型场景
- 被动型场景

本书后续会对这两种场景进行详细讲解,我们将分别研究相关例子,看看它们是如何发挥作用的。读完这本书,你将对场景结构了然于胸。

现在,先让我们看看整体综述,做一了解。

★ 主动型场景

在主动型场景里,视点人物通常心怀目标,但会面对造成冲突的重重阻碍。他们一般会在场景结尾受到挫败,偶尔也会以胜利告终,但胜利的结局寥寥无几。我们将在之后的章节中,探讨为什么这类场景会以受挫结束,而鲜少取得胜利。

简言之,主动型场景包括这些因素:

1. 目标

2. 冲突

3. 挫败（或胜利）

★ **被动型场景**

被动型场景是针对主动型场景的反应、举措。面对主动型场景的挫折，视点人物会产生情绪上的反馈，他将在困境中思考无数对策，并最终做出决定。

简言之，被动型场景会有这些因素：

1. 反应

2. 困境

3. 决定

以上两种场景，都会有与之对应的考验。

考验的形式

场景一般发生在动荡环境中的危险地点及危机时刻。如果没有危险的因素，场景可能会显得无足轻重，这就需要作者的及时修正，丰富险境的内容，或是干脆将这一场景删减。

场景中危险的因素就是我们前面所描述的场景考验。

那么，在两种不同类型的场景中，考验分别是什么样呢？

主动型场景的考验：

在主动型场景中，视点人物会有迫切渴望实现的目标。

而危险在于，该目标很可能无法达成。

所以在这种情况下，场景考验就是阻碍视点人物达成目标的所有一切：故事世界、其他人物角色、视点人物自身的缺点……所有的障碍物。

被动型场景的考验：

在被动型场景中，视点人物一开始仍会处于对上一场景受挫的震惊之中。

而危险就在于他可能会放弃并选择退出。

因此在这种情况下，场景考验就是导致视点人物退却的所有因素：沮丧、害怕、愧疚等低落情绪，其他人物角色，无从选择的现实……所有在冥冥之中暗示无路前行、下一场景也无新目标

追寻的迹象。

如何衡量场景是否成立

当你无法说出该场景下的考验为何,那么该场景本身就并不成立。

请记住,每一个场景都必须是一个微型故事。

而每一个故事都需要使人物处于考验之中。

如果场景中没有考验,就无法构成一个故事,自然会漏洞百出。

在本书的后半部分,我们将一同看看如何修复有漏洞的场景。这将花费一些功夫。但重要的是,知道如何衡量场景是否成立,否则补救工作就无从谈起。

现在,让我们共同回顾一下你目前正在创作的场景:

在这一幕中,谁是你的视点人物?

场景中的考验又是什么?

你的场景成立吗?其中是否有漏洞?

没有纰漏，你才有机会传递富有感染力的情绪体验，而这也是讲故事者最主要的任务。

在下一章，我们将讨论主动型场景何以传递强大的情绪体验，以及其背后的心理动因。

第二部分

主动型场景

第六章 主动型场景的心理动因

在主动型场景中,你的主要任务是在读者头脑中创造丰富的情感体验。主动型场景中的每一个设计都精准地触达特定的情感按键。

而主动型场景一般由三部分组成:

1. 目标

2. 冲突

3. 挫折(通常情况下),或者胜利(偶尔)

下面让我们对它们进行分别讨论,来看看它们为何如此重要。

为什么主动型场景需要目标

所有人一生中绝大部分时间,都处于现实生活的考验之中。

这也就是生活的真相：持续不断的挣扎、抗争。当你深陷麻烦，最省事的方法就是不去面对。要么蜷成一团，回避自身的恐惧；要么通过嗑药麻痹神经；要么干脆逃离。

但是大多数人都会对这种做法嗤之以鼻。我们更钦佩那些能直面危险甚至发起反击的人。

对于那些选择主动出击的人，我们总是心怀崇敬。因为我们也想先发制人，我们一直都有这种愿望，但却总是失败，因为主动出击本身就是艰难的。

面对考验，主动的方式是制定目标，并全力以赴，与所有的障碍奋战到底。

在主动型场景中，当受人欢迎的视点人物被你赋予了目标，你就相当于按下了按键，牵动了读者的几种情绪：

• "视点人物面对危险也义无反顾、勇往直前，太勇敢了！"

• "我想与视点人物一道面对考验，学习如何面对自己的困境。"

• "全力支持视点人物追逐目标，看到他就好像看到了我自己。"

而当不讨喜的视点人物被赋予目标时，也会勾起读者相反的

情绪反馈:

- "不喜欢视点人物面对考验时的反应,也不喜欢他为我喜欢的人物制造麻烦。他太可怕了!"
- "要以视点人物为鉴,不要像他那样度过自己的人生。"
- "特别讨厌这个视点人物,希望他能失败。"

为什么主动型场景需要冲突

冲突意味着视点人物在实现目标过程中受到阻碍。每个人都会在生活中遇到阻碍,因为美好的事物不会轻而易举地到来。如果你想实现目标,就必须为之努力,你必须具备创造力,让自己变得强大,并持续强大。

简单而言,作者需要锻炼出情感肌肉,这也是故事需要的。锻炼情感肌肉,并形成肌肉记忆。这是两件不同的事,肌肉让我们有力量去做正确的事,而肌肉记忆能让我们始终铭记什么是正确的。

阻碍冲突,正是锻炼肌肉的最佳途径。

在主动型场景中，当受人欢迎的视点人物面对冲突，就会瞬间牵动读者的多种情绪：

- "很为视点人物担心，恐怕他正步入险境，并面临失败。"
- "我很敬佩视点人物，他一直都在冲突中拼命抵抗，不言放弃。我也不会！"
- "在这一刻，心率飙升，突然感受到存在的实感。这感觉太棒了！"

而当不讨喜的角色面对冲突，则会引发读者产生以下混杂的情感：

- "恐怕视点人物的计谋就要得逞了，那么我所喜欢人物的处境将更加艰难。有点不忍心读下去，但又忍不住去读，说不定他能挺过去！"
- "视点人物一直在为我喜欢的角色制造麻烦，太令人生气了。他不放弃，我所喜欢的角色也绝不会退缩。"
- "在这一刻，心率飙升，突然感受到存在的实感。这感觉太棒了！"

为什么主动型场景通常需要挫折

一个场景就是一则微型故事。这意味着场景需要一个结尾，形成一种局面。这种局面可能是胜局，也可能是败局。

如果受欢迎的视点人物失败，或者不讨喜的角色获取了胜利，那么我们就称之为挫折。

受挫是一件好事情。你的目标是在读者的脑海中建立情绪的肌肉记忆。而正如前文所说，在面临失败时，肌肉能得到最有效的锻炼。

当主动型场景以受挫结尾，读者的这些情绪将会得以激发：

- "天呐，这太伤人了！"
- "简直不敢相信这会是这一场的结尾，希望这不是最后的大结局。行行好吧，再多一点内容。"
- "我迫不及待想翻开下一页，看看接下来发生什么了。"

当你以挫折收尾，场景虽然是结束了，但读者仍能感受到故事整体还未完结。这样读者就会产生开放式的想法。

而人类是不会满足于开放结局的。

他们总是想得到矛盾解决后的安顿，并执着于寻找这种安顿。

那么读者将不得不翻开下一页一探究竟。而这也是你期待的。你最希望读者能翻到下一页，阅读下一场景，然后再下一页、再下一页。

所以，当你以挫折结束一个场景时，就利用了"蔡格尼克效应"，即当人们面对开放式的局面时，会保持较高的关注度（这一效应的命名是为了纪念心理学家布尔玛·蔡格尼克，她在1927年出版了相关研究成果。研究表明，在餐馆中，服务生能够清晰地记住每一单的细节，无论多么庞杂，直到这一单被结算完毕。一旦账单付清，他的记忆似乎随之清零。支付动作的完成意味着记忆的闭环，服务生也将丧失焦点）。

为什么主动型场景偶尔需要胜利

当受欢迎的视点人物取得成功，或者不讨喜的视点人物失败，我们都称之为胜利。

如我们前面所讲，场景中的挫折能够触发读者的情绪按钮，

第六章

而胜利也能如此：

- "胜利的感觉太好了！"
- "终于可以松一口气。现在几点了？天哪，没想到已经这么晚了。"
- "现在可以暂停阅读了，目前故事进展都很顺利。要是翻开下一页，说不定事情的走向会变得糟糕。我希望今天的阅读停留在高涨的氛围里。"

我的一位朋友曾告诉我，她之所以不愿意看到更多内容，"是因为受挫的痛感远比胜利的快感更为强烈"。

的确如此，胜利的感觉固然好，但是受挫会让人感到极度不适。

如果你的目标是持续输出强大的情绪体验，让读者持续阅读，那么你的故事里就应出现较多的挫折而非胜利。

但是，有时场景也需要以胜利作为结尾。因为没有人能一直承受持续不断的打击。

更何况，最沉重的打击就是死亡。这不仅意味着你的视点人物需要活着，也意味着他需要胜利的局面。

此外，即使你在场景的结尾画上胜利的句号，可如果你足够幸运，就仍能将这胜利击为粉末。如此就形成了苦乐参半的结局，它将同时拥有受挫结局及胜利结局的双重优势。更多细节将在后一章展开。

对于目标、冲突、挫折的建议

尽可能快地树立起视点人物的目标，最好开篇第一句就点明。为什么？因为有了目标，故事才得以开始。在目标树立的那一刻，场景立即就变成了微型故事。

在视点人物不断尝试实现目标的过程中，可以让冲突占据场景的大多数篇幅。在冲突阶段，视点人物既不会成功也不会失败。她只是铭记使命，不轻言放弃。因为她知道，为了达成目的，自己必须找到切实可行的方法。所以她一直在努力。

在大多数主动型场景的结尾，视点人物会遭遇可怕的挫折而非实现其目标。这不仅仅是又一次无用的努力，这是最后的机会。它不仅不起作用，更会*给予视点人物重重一击*。在场景的末尾，

视点人物的处境将比开局更不利。

那么,现在我们了解了主动型场景是如何发挥作用的。

但是在实践中,我们该怎样做呢?

下面,我们将分部分进行详细讲解。

下一章,我们将介绍在场景中,如何树立让视点人物为之努力的目标。

第七章　如何设立引人注目的目标

让我们先来做一个快速回顾。

每一个场景都是一个微型故事,由开端、过程、结果三部分构成。主动型场景的开端需要明确视点人物,并制定好人物在该场景下的目标。如此将会带来两个问题:

- 什么时候引出视点人物?
- 什么时候设立视点人物的目标?

通常情况下,你应该在第一句就引出视点人物,或者至少是第一段。当然你也可以不拘泥于此,只是必须有充足的理由打破常规。

至于何时设立视点人物的目标,并没有固定答案,但尽量越早越好。如果开篇第一句就可以完成,那再好不过。如果需要一整个段落来向读者阐明人物的目标,也还可以。只是需要注意的是,视点人物的目标设立得越晚，人物就越发被动。

如果花费的篇幅远超过一段，那么你就需要问问自己为何会这样，是什么导致了设立目标的延迟？如果调整内容，将目标提早到第一段或者第一句话，效果又会如何呢？

如果通过将目标前移可以帮助提高场景叙述的质量，那确实值得试试看。

但仍有一个问题需要思考：

如何判断场景中的目标是合理的目标呢？

如何设置合理的场景目标

主动型场景的篇幅从几百字到几千字不等，要在有限的篇幅内讲述内容完整、逻辑自洽的故事，对场景目标的设置一定有所要求。

★ **合理的目标必须符合场景的时间**

主动型场景中的目标，一定是可能在场景时间内实现的目标。

一般情况下,单个场景中的故事时间会持续几分钟至几小时。

这时长足够完成一场比赛,或抢劫银行,或向心爱的人求婚。

但绝不够备战一场奥运会,也不够垄断白银市场,或是组织一场婚礼。这些目标需要多个场景的努力才能达成,甚至会需要整本书的篇幅。

所以,请确保目标符合场景的时间。如果不符,可以试着按步骤将其分解,分散到不同的场景中去。

★ 合理的目标必须对视点人物而言是可实现的

在主动型场景中,目标必须在视点人物的能力范围之内。

如果人物本身行动迟缓,那么让他去打破马拉松世界纪录,就是不恰当的。因为这从生理上来说就不可能。

如果人物是遵纪守法的好公民,那么让他去抢劫银行,显然会让人匪夷所思。如果以此为目标,就需要作者花费大量精力让读者相信其中的合理性。

如果人物天性害羞,那是否意味着作者不能给他一个邀请暗恋女孩共赴舞会的目标呢?并不是。只要他能说话,这实际上是不错的目标。理由很简单：

★ 合理的目标必须有一定的难度

故事是人物在经受考验。考验越艰难，故事越激动人心。

因此，为主动型场景设置较有难度的目标，实际上是可以的。

目标越难以达到，场景就越扣人心弦，这当然很好。但值得注意的是，这中间实际上存有一条分界线。因为一旦目标过于困难，就会缺乏可信度。所以，目标应该有难度，但是不至于过分荒谬。

那么，为什么视点人物会选择较难实现的事情作为目标呢？这只有一个原因：

★ 合理的目标必须适合人物

视点人物势必会有自己的价值观、抱负，而整篇故事也会围绕人物的故事目标展开。场景目标则需要符合人物的价值观、抱负及整体的故事目标。

那么，当我们谈论人物的价值观、抱负及整体的故事目标时，我们在谈论什么呢？这一问题在我的《雪花写作法：10步写出一篇

好小说》一书中有过深度讨论。简言之：

• 价值观：是人物的人生信条，可以用句式"没什么比＿＿更重要"来表示。人物在空白处所填写的内容即其价值观。通常情况下，人物会有几条价值观，而且它们也可能会相互矛盾。

• 抱负：是个比较抽象的东西，指人物的人生理想。众所周知，"美国小姐"想要实现"世界和平"，但这就非常抽象，不同的人会有不同的认识。

• 故事目标：是人物在故事中想要实现的具体、客观的目标。理想状况下，该目标的达成应该可以用拍照或摄像的方式进行记录，并有助于人物抱负的实现。还以美国小姐那个著名的愿望为例，她可能认为消灭所有的核武器就意味着世界和平（事实可能并非如此，但这是她所相信的。作为作者，你可能无法直观拍摄世界和平，但是你可以用镜头记录最后一件核武器从地球上消失的场景）。

在每一个场景中，作者为人物所设立的目标都需要成为其实现故事目标的垫脚石，并与人物的抱负及价值观相符。否则，读者将不会对内容买账。他们会说："作者疯了吧，这个人物根本不想那样做。"

★ 合理的目标必须具体客观

读者需要知道胜利到底意味着什么，自己到底在支持些什么。而具体客观的目标就是能被摄录下来的，比如赢得一场大赛、在敌人到来之前就把必经之桥炸掉、出其不意的求婚，等等。

主动型场景中的目标举例

前面我们已经介绍了如何定义目标，现在来看一下之前提及的小说中的例子吧。

★《饥饿游戏》主动型场景中的目标

在第十四章一开始，残暴的职业选手们一心想在竞赛中将凯特尼斯淘汰。为了从他们的追杀中逃脱，凯特尼斯爬上了树。双方实力悬殊，凯特尼斯只有一把刀，但"职业选手"们却装备精良，矛、剑、弓箭……她的处境看上去并不太妙。

第七章

随着情节的展开,凯特尼斯发现了一个追踪蜂巢。

那什么是追踪蜂呢?这是读者不知道的。

追踪蜂,是黄蜂的一个变异品种,也是场景考验的一个部分。因此,苏珊·柯林斯用几个片段描述了追踪蜂的致命性:一旦被蜇,轻者产生幻视,重者一命呜呼。

只有得到这个信息,读者才能理解在本场景中凯特尼斯的目标。

她的目标很简单,爬上树、接近蜂巢、小心翼翼砍掉树枝且不惊动追踪蜂,这样她就可以将蜂巢扔给职业选手,摆脱他们的追击。

这个目标的优势在于:

- 它符合该场景的时间吗?是的。因为锯掉树枝大概只需花费几分钟。

- 它对于凯特尼斯来说是可能完成的吗?是的。因为她有一把带锯齿的刀。

- 它有一定的难度吗?是的。如果锯树的动静太大导致树枝颤动,那么在她成功锯下之前,追踪蜂会出洞并攻击她。而且她只能在响起国歌的时候实施行动，因为职业选手虽然看不到她，但是就在树下。

- 它适合凯特尼斯吗？是的。对于凯特尼斯来说，没什么比活下去更重要。她的抱负就是活下去，故事目标是要赢得饥饿游戏。用一窝极具战斗力的黄蜂攻击职业选手，与凯特尼斯的价值观、抱负、故事目标一脉相承。

- 它是具体客观的吗？是的。结局无非是蜂巢落到职业选手头上，或者没有，这都是具体客观、可以进行描述的。

★《异乡人》主动型场景中的目标

在第十二章，克莱尔与一队苏格兰人外出收取领主的地租。这队人马虽然不知道克莱尔是一位时间穿越者，但他们知道她是英格兰人，所以并不真正信任她。克莱尔知道他们行进的方向将途经能带她回到过去的巨石阵，而且她的故事目标就是找到时间穿越之门回家。

但是单靠她自己并不能安全抵达，她需要一些帮助。在布拉克顿小镇，克莱尔和她的苏格兰朋友们得知，附近威廉堡的英格

第七章

兰驻军司令就住在当地的旅店。

在这一场景开头,苏格兰人马的领队,杜格尔·麦肯锡告诉克莱尔,他们将一起拜访这位驻军司令。

克莱尔立即有了这一场景下的目标,她要说服驻军司令,无论他是谁,派遣一队全副武装的护卫送她到巨石阵附近。

这个目标如何呢?让我们看看:

• 它符合该场景的时间段吗?是的。克莱尔拜访驻军司令,并向其表明来意,大概会需要一个小时的时间。

• 它对于克莱尔来说是可能实现的吗?是的。她是英格兰人,驻军司令也是英格兰人。她只需要编造一些理由,请司令派遣一支队伍花半天的时间送她到巨石阵那里即可。

• 它有一定难度吗?是的。克莱尔并不擅长撒谎,而且确实也没有更正当的理由去苏格兰。她之前曾试着说谎,但都被揭穿了。

• 它适合克莱尔吗?是的。她有两条人生信条,没有什么能比活着更重要,也没什么比自己的丈夫弗兰克更重要。她的愿望就是能够回家,回到弗兰克的身边。她的故事目标是找到时间之门,并穿越回去。所以,请求驻军司令派遣护卫送她至巨石阵,与她的人生信条、愿望、故事目标都极其相符。

- 它是具体客观的吗？是的。无论克莱尔是否能从驻军司令那里得到护卫、马匹，这都是具体客观、可以进行描述的。

★《教父》主动型场景中的目标

在第十章的一开头，迈克·柯里昂站在医院病房的窗边，向外张望，而他那缺少守卫的父亲只能无助地躺在病床上。迈克知道，此时此刻有一队黑手党的打手正在路上，赶来谋杀自己的父亲。虽然没有枪支也没有帮手，但只要他能把对方拖住15分钟之久，就能等到后援。

所以，迈克的目标很清晰：拖延住杀手直到后援到来。虽然这一目标并没有在场景中得到明确表述，但是读者能够根据迈克的所思所为轻易猜到。在势单力薄的情况下，迈克只能比敌人更加深思熟虑。读者不知道他将如何做到这一点，他本人可能也还在思考对策。当迈克赤手空拳走入危险的街道，这一场景就在紧张的氛围中拉开了帷幕。

迈克的目标有如下优势：

第七章

- 它符合该场景的时间段吗?是的。迈克的哥哥告诉他后援将在十五分钟之后抵达。对于较为紧凑的场景,这样的时长刚刚好。

- 它对于迈克来说是可能实现的吗?是的。迈克曾经参加过太平洋战争,浴血奋战,面对枪口也毫不退缩。他的父亲、兄弟也都认为他足够坚强,能应对棘手的困境。

- 它有一定难度吗?是的。三四个全副武装的杀手正驱车赶来,而迈克却独自一人,手无寸铁。一切条件都对他不利。尽管迈克聪明坚韧,但子弹不会在乎这些。

- 它适合迈克吗?是的。迈克是西西里人,所以他的信条之一就是没有什么比血亲更重要。他将选择牺牲自己,救下父亲。当然,这将会与他的另外两条信条相左:生存至上、遵纪守法。由此可见,迈克的价值观彼此抵牾,存在本质冲突,所以他需要在不同的场景下有意识地选择当下最重要的价值观。也正因此,迈克在小说中的抱负、故事目标都不是一成不变的。这一幕是他迈向新抱负、新故事目标的第一步。

- 它是具体客观的吗?是的。无论迈克的父亲能否被成功救下,这都是具体客观、可以进行描述的。

目标之后：冲突

我们已经看到有关场景目标的三个例子，它们每一个都具有强大的说服力。在尽可能快地阐释清楚目标之后，作者就要关注场景的主体部分。

记住，我们讨论的这些都是主动型场景，这意味着它们是目标导向。在主动型场景中，视点人物的目的就是实现场景目标。他将时刻关注于此，生活中其他事物都会暂时黯然失色。

作为作者的你，应当在主动型场景中尽快建立目标，并直接切入场景冲突。如果一句话就能说清目标，那一句话就好。如果需要一段话，那也可以。但如果需要多个段落，那么就需要思考为什么会花费如此多的篇幅才能讲清楚当下场景对视点人物来说最重要的事情。为什么会如此踌躇？请直接切入主题。

既然我们已经了解了关于场景目标需要知道的一切，那事不宜迟，让我们看一些有趣的内容吧。

第八章　如何创作引人注目的冲突

正如我们之前介绍到的，场景是微型故事，拥有开头、中间、结尾。上一章，我们研究了如何在主动型场景的开头建立起场景目标。

主动型场景的中间部分，即冲突，是其中篇幅最长、最浓墨重彩的一笔。

冲突通常直接来自场景考验。场景考验可能由以下因素造成：环境、其他人物、视点人物自相矛盾的内在价值观等，或者以上所有这些的综合。它们都可能成为场景考验的一部分。

作为作者，你将花费大量笔墨展示视点人物与故事考验之间的冲突。如果你迟迟没有进入故事考验的部分，而且需要在这一场景使读者对此有所了解，那么，现在就是时候了，要尽可能快地对其展开。

主动型场景中冲突的强度

对于视点人物来说，冲突应当有一定强度。那么问题就应运而生：冲突的强度，应当如何把握呢？

有些小说在每一场主动型场景中都设置了超高强度的冲突。如果你要写的是一本顶级的动作冒险小说，那这样是合适的，目标受众也会欣然接受，因为他们想要的就是强烈的情绪体验。

但是在大多数小说中，一些主动型场景的冲突会被适当弱化，个别场景的冲突可能强度很高，但其他场景的冲突就只是中等强度。如果场景的冲突强度比较低，那么这通常不是主动型场景，而是被动型场景。有关被动型场景的更多内容，会稍后介绍。

对于主动型场景的冲突强度如何把控，其实并没有标准答案。根据你所创作的小说类型，以及目标受众的期待，可以选择在适当强度范围内设置场景的冲突。

冲突的模式

冲突的模式其实很简单:

- 视点人物努力实现目标。
- 某事或某人阻碍其实现目标。
- 重复这一循环,直到场景结束。

至于这一循环会持续多久,并没有固定的规则。努力、受阻、再努力、再受阻,这种循环可能只重复一两次,也可能重复五次、十次或更多次。一本书中最重要的场景通常会持续很久,冲突的篇幅也会随之增加,紧张程度也会逐渐走向高潮直到最高点。

主动型场景中的冲突举例

我们刚刚定义了主动型场景中冲突的基础模式,现在来看看在上一章所提及的那些小说中,它们是如何发挥作用的。

★《饥饿游戏》主动型场景中的冲突

在上一章,我们分析了凯特尼斯爬上树梢的场景。她的目标是将追踪蜂巢丢到正在地面休息的职业选手头上。当游戏制定者播放国歌,职业选手的注意力被分散时,她就砍断树梢。那么这个计划将如何开展呢?随着情景的展开,冲突的紧张程度会错落起伏,下面每一点都对应着一个"努力—受阻"的回合。

• 凯特尼斯顺着树枝向上攀爬,当国歌响起,她掏出小刀试着锯断枝丫。但是她的手在上一场景中被烧伤,所以现在每握一次刀柄都痛苦难忍。

• 尽管疼痛,凯特尼斯仍在尝试。国歌结束,她只锯到了四分之三的深度,但她不得不停下,否则一旦职业选手注意到她,他们会退到安全区域,到时候计划就会落空。

• 顺着树枝,凯特尼斯一点点爬回到自己的睡袋,发现富有的赞助人已经为她空投了礼物:专治烧伤的软膏。这是对凯特尼斯勇气的嘉奖,也让她平添了几分获胜的希望。在软膏的作用下,伤口很快开始愈合,凯特尼斯进入了梦乡。第二天一早,她回到挂蜂巢的树枝,看到一只追踪蜂正从蜂巢中慢慢爬出来。危险!

第八章

凯特尼斯努力忽视自己的恐惧,开始锯着。巢中的追踪蜂们嗡嗡作响,即刻就要倾巢而出。

- 凯特尼斯用力锯着,越来越快、越来越快。在此期间,她被一只追踪蜂叮了膝盖。

- 凯特尼斯锯断了树枝,用力将它扔向远方。树枝、蜂巢掉在地面上,正好落在正在休息的职业选手中间。蜂巢裂开,凯特尼斯又被叮了两下。

- 面对追踪蜂迅猛的攻势,职业选手四散开来。有两位被叮了许多次,最后倒下,其他人各自逃命。凯特尼斯从树上爬下来,向相反的方向跑去。由于被叮了三次,凯特尼斯也忍受着极大的痛苦。

- 凯特尼斯拔出毒刺,她想起有一位职业选手随身携带的武器是弓箭。她需要这把弓箭,无论返回意味着多么危险。凯特尼斯一边走,一边试着找到那位垂死的女孩。她必须赶在游戏制定者之前找到她,否则,他们会快速处理尸体,并回收那把弓箭。

- 面对弓箭,凯特尼斯号啕大哭。在毒针的作用下,她早已出现幻听。她所需要的武器,被女孩的尸体绊住了。

- 凯特尼斯最终拿到了武器。但是她听到有人返回，可能是来杀她的。最先回来的是皮塔，紧随其后的，是职业选手中最可怕的一个，他叫加图，不折不扣的恶霸。后面的事情恐怕凶多吉少。

★《异乡人》主动型场景中的冲突

在上一章，克莱尔和护卫杜格尔来到布拉克顿小镇，因为他们得到消息，英格兰驻军司令当晚就住在那里的旅店。克莱尔的目标是劝说这位司令派遣一队士兵护送她到巨石阵附近。为此，她将编造一些借口。下面是这一段场景所展示的：

- 杜格尔上楼走进驻军司令的房间时，克莱尔留在楼下等待。几位英格兰士兵看她的眼神，让克莱尔感到非常不安。

- 杜格尔叫克莱尔拜访驻军司令。克莱尔走上楼，发现这位司令并不陌生，他就是自己六个月之前刚刚穿越过来时，所见到的兰德尔队长。兰德尔认出了克莱尔，她意识到这番谈话并不会轻松。

- 克莱尔讲了自己是如何来到这里的，她假装自己是牛津郡的寡妇，并声称自己的婚后姓氏是比彻姆，而这其实是她婚前的姓

氏（如果她直言自己的婚后姓氏是兰德尔，未免太冒险，因为那会暴露自己是兰德尔队长亲戚的事实）。她说自己在去法国与亡夫的亲人见面途中，被亡命徒所攻击。她的故事漏洞百出，而兰德尔队长也并非傻瓜，直接戳穿了她的谎言，质问她怎么可能来自牛津郡，那里一个姓比彻姆的也没有。

• 克莱尔转问兰德尔队长是如何得知这一点，因为他来自苏赛克斯郡。但这一举动却犯了一个致命的错误，因为兰德尔从未告诉克莱尔自己的出身。克莱尔之所以会知道这点，是因为她的丈夫，也就是兰德尔的后代，告诉过她。兰德尔队长立即有所怀疑，并质问克莱尔是如何知道这点的。

• 克莱尔解释说从他的口音得到了线索，但兰德尔队长依旧不依不饶、继续追问，试图抓住克莱尔的漏洞。他检测了克莱尔的法语知识，克莱尔顺利通过。接着，他又问了克莱尔未婚前的姓氏。但对此，克莱尔答不上来了，因为她早已把娘家姓当作婚后姓氏说过了。

• 克莱尔对此闪烁其词，试着直接出击以回避追问。她坦诚询问是否可以允许自己继续旅程。兰德尔怒气冲冲瞪着她，一一列举出不利于克莱尔的证据，给了她致命一击。显然，克莱尔是撒谎，兰德尔决心挖出事实。他警告克莱尔，自己将不惜一切代价找出她到底是谁。

• 克莱尔反问他将会采取何种措施，事实证明这也是个错误的提问。

★《教父》主动型场景中的冲突

在上一章，我们知道，迈克·柯里昂在深夜离开医院走上了街道，独自一人、手无寸铁，准备面对一队要刺杀自己父亲的黑手党杀手。迈克在这一场景的目标，是拖延杀手十五分钟，直到柯里昂家族的后援队伍抵达。他手上的牌并不有利，故事将如何展开呢？

• 迈克站在街灯下，这样所有走过的人都能看到他，并会将他视作站岗的守卫。但是第一个到达的，并不是杀手，而是一个天真年轻的烘焙师，恩佐。他是柯里昂家族的朋友，来探望教父。现在，迈克所需做的，是在这位小伙子受伤之前，让他离开这块是非之地。

第八章

- 迈克请恩佐尽快离开,告诉他这里可能会有麻烦,而有麻烦就意味着会有警察。恩佐并非普通市民,他知道如果深陷麻烦,自己可能会被驱逐出境。但他坚持留下来,他愿意尽己所能来帮助教父。迈克被他缠住了。

- 迈克、恩佐抽着烟,尽量让自己看起来像是教父的手下。一辆车向这边驶来,速度慢慢放缓,车里的人细细地打量着他们俩。接着,车子提速开走了。但是迈克知道,他们还会回来,而且下一次,这辆车会停下。

- 漫长的十分钟过去了,接着,伴随着警笛声,三辆警车飞驰而来。迈克以为他们是来帮忙的,但是两位警察架住了他的胳膊,第三位则在检查他是否携带武器。一位警长冲迈克大吼,以为自己已经把所有四处闲晃的街头混混遣散干净,那么迈克又在这里做什么呢?

- 迈克想要知道为什么在自己父亲的病房里没有一个警探留下守卫,但是警长突然暴怒,告诉迈克,他并不关心黑手党帮派之间的相互厮杀,要求迈克立即离开此地。

- 迈克意识到,这位警长已经被父亲的敌人索洛佐所收买。冷静下来的迈克对警长说，除非恢复父亲的保卫，否则自己不可能离开。警长命令手下逮捕迈克，但是手下指出他们没有根据进行抓捕：迈克没有武器，而且他还是一个参战英雄。如果迈克被抓捕，将会引起舆论混乱。但警长对此毫不在乎，执意命令手下将迈克铐起来。

• 迈克冷静地将警长一点点激怒。知道其他警察并没有被收买，迈克质问警长，索洛佐付了他多少钱来设计陷害唐·柯里昂。这将警长逼到了边缘。

好的场景一定有结尾

冲突是很重要的，在一场精心谋划的场景中，你要使冲突的紧张程度达到该场景能到达的顶点。当气氛紧张到极点，也不要停下手中的笔。你一定不想让读者感到乏味，希望读者意犹未尽。

将你的视点人物从场景考验中拯救出来。

这意味着要么是视点人物胜利，要么是场景考验胜利。

只有这两个选择，让我们在接下来的章节仔细探讨吧。

第九章　如何创作引人注目的挫折

现在你要准备结束你的场景了。请记住，每一个场景都是一则微型故事，有开头、中间、结尾。所以，对于这篇短小的微型故事，场景的结尾必须具有情绪上的张力。

但这并不意味着带来情绪上的满足感。通常情况下，你会想让读者不满足，保持一点饥饿感。你想让他们翻开下一页，进入到下一章的阅读。

完成这点最好的方式，就是用挫折结尾。如果不用挫折，那么就用胜利结尾。场景的结尾只是这个微型故事的终止，并不是整个故事的结束。

挫折要与主要人物有关

首先有一点我们需要阐明清楚：当我们在说挫折或者胜利时，我们在说什么。

请记住，读者是被故事的主要人物所吸引。但是在场景中的视点人物可以是任何人，主要人物、爱慕对象、助手、反派，或者其他一些人。

可以说，*主要人物是衡量故事中一切的尺度*。当我们说以挫折结束一个场景时，这个挫折是针对于主人公而言的。

如果场景中的视点人物与主要人物的利益一致，那么视点人物受挫，对于主要人物来说就是挫折。

如果场景中的视点人物与主要人物利益相反，那么视点人物的胜利，对于主要人物来说还是挫折。

同样的，当我们说以胜利结尾，就是指事情会朝着有利于主要人物的方向发展。

主要人物可能是复杂的

除了上面所提及的,还有另一个问题:你的主要人物可能并不是完全的好人。没人是完美的,主人公也可能有缺陷。

《饥饿游戏》中的凯特尼斯,大体上是一个深受欢迎的人,但不是没有缺点。早些时候,她自告奋勇,主动顶替妹妹参加饥饿游戏,这令人刮目相看,为她赢得了读者的不少好感。这就是我们会全力支持的那个人。但是,她也有让人难以接受的一面。她有点自私,并且一点也不浪漫。皮塔爱上了她,但她没有回馈相同的感情,并且总是在利用他。在这一点上,我们不会支持她。我们和她想要的不一样,我们知道对她来说什么才是最好。我们想看到她和皮塔陷入恋爱。所以在一些场景中,作为读者,我们会有一种矛盾感。我们明白,凯特尼斯最渴望的是活着,而且当我们站在她的立场上,也能理解她的目标。但同时,我们又想让她体验一些自己抵触的事情,比如如何去爱。

《异乡人》中的克莱尔,是个所有人都喜欢的人物。自始至终,读者都完全与她站在同一阵线。我们希望她能返回到原来的年代,回到丈夫身边，但我们也能感受到她与这个后来遇见并不得不结婚的男人之间产生了情愫。克莱尔内心矛盾，她不知道自己想要什么。读者也与她一同纠结，因为她是在两件好事之间做选择。

而《教父》中的迈克·柯里昂，虽然大体上是一个受欢迎的人，但被逐渐拉向了阴暗面。整部小说，讲的就是一个好人是如何一步步沦落的。我们喜欢迈克，我们希望他能得到最好的。当迈克开始步入歧途，我们都希望他能不踏上那条道路。当然，在走进人物之后，我们也能理解为何他会有所转变。我们全力支持他过正派的生活，但是当迈克逐渐偏离了原来的道路，陷入崭新、黑暗的命运，成为新一代教父的时候，我们同样也移不开眼睛。

当事情变得复杂，不就意味着我们更难界定所谓的胜利或者挫折吗？

前面我们已经提到，所谓胜利、挫折，都是相对于主要人物来说的。

那么，当主要人物所追求的是不好的事情，会发生什么呢？

我们可以再和语义结合一下。

但恰恰相反，我们将用主要人物所渴望的事物来定义胜利，

即便事实上这对他并不好;我们也将用主要人物所不期望的事物定义挫折,即便这对他来说是有益的。

这就意味着,在某些场景中,受挫是好事,而胜利却是坏事。

就是这样,生活本身就是复杂的。

主动型场景中的挫折举例

现在让我们看看主动型场景的例子是如何结尾的。在这里,我们主要关注挫折,但有时也会涉及一点胜利的部分。

★**《饥饿游戏》主动型场景中的胜利结局**

在前两章中,我们知道凯特尼斯正在树上为职业选手准备陷阱,并分析了在这一场景中她的目标以及冲突。职业选手想要杀掉凯特尼斯,而她的目标是把追踪蜂巢丢到他们之间并逃跑。虽然过程很艰难,但她最终胜利了,击败了所有的敌人。其中一位职业选手看起来快死了,此时凯特尼斯看到一个她认识的人也奄奄一息,并拿走了对方的武器。

那么，这就是胜利的结尾，对吗？凯特尼斯拿到她想要的了吗？

是的。但是作者苏珊·柯林斯非常巧妙地将这种胜利打断了：凯特尼斯的两个对手返回来了。第一个回来的是皮塔，他被凯特尼斯视作说谎者、杀人犯。

凯特尼斯本想向皮塔射箭，但是追踪蜂的毒液让她的视觉受损，不能很好地瞄准。

皮塔的武器是矛，但他并不打算伤害凯特尼斯，他大吼着让她快跑。凯特尼斯还没发觉其实皮塔是站在她这边的。她有些迷惑，竟忘了逃跑，所以就在皮塔试着救她的时候，凯特尼斯傻傻地看着皮塔。

接着，加图出现了，他的武器是一把剑。他是职业选手中，块头最大、脾气最暴躁的一个，十分仇恨凯特尼斯。

最终，凯特尼斯顺利逃跑。但在追踪蜂毒刺的作用下，凯特尼斯开始产生幻觉，她几乎看不到任何东西。她所能想起的，只有皮塔救了她。

而她，却抛下皮塔独自一人面对加图。

所以，的确，凯特尼斯达到了目的。但是随着毒液在她体内

发作,所有的幻觉、丢下皮塔的愧疚,统统会涌向她的心头。这种胜利掺杂着些许挫败感。

正如世界上所有作者都会说的,苏珊·柯林斯在最后胜利的关头,"转胜为败"。

而读者也不得不翻到下一页,看看接下来会发生什么。

值得注意的是,这一场场景考验就此结束,凯特尼斯无须再藏在树上,围捕她的其中两名职业选手已经命丧黄泉。等待凯特尼斯的,将是一场崭新的场景考验,它将与这一场截然不同。

★《异乡人》主动型场景中的挫折结局

在上一章,我们知道克莱尔挑战了邪恶队长兰德尔的权威,她质问对方将采取何种手段逼迫自己吐露实情。

兰德尔队长丝毫没有犹豫,他命令下士站到克莱尔身后,按住她的胳膊。

接着,他冲着克莱尔的肚子狠狠地打了一拳。

在这一章的开头,克莱尔本希望能遇上一位善良友好的英格兰长官,帮助自己重返距离驻防地只有几英里远的时间穿越之门。

但在这一章的结尾，克莱尔知道眼前的这个男人不仅不打算帮助自己，而且还会动用一切权力、不择手段，阻止她接近巨石阵。

克莱尔今日无法回家，而且可能永远也无法回家。

而且她还需要保持高度警惕，防范邪恶的队长。

这就是挫折。

再一次，场景考验结束了。克莱尔再也不会出现在这间房间。她和兰德尔队长还会再见，但是地点、时间、环境，都会发生巨大的变化。克莱尔已经知道兰德尔队长的真实面目，她将为下次见面做好准备。

兰德尔队长同样也会做好准备。

★《教父》主动型场景中的挫折结局

上一章，我们知道迈克·柯里昂试着拖住黑手党杀手的步伐，却没有防备住来自警察的袭击，他们试着将他从街道上赶走。迈克与他们对峙，质问警长索洛佐付他多少钱让他成为刺杀教父的帮凶。

警长命令两名手下拷住迈克。

接着，他冲迈克的脸上用力打了一拳，打掉了好几颗牙齿。

第九章

（这一场景与《异乡人》中的场景很像，但这纯属巧合。两个故事在其他许多方面并不相同。）

虽然迈克经受了挫折，但其中也有些许胜利的味道。尽管他眼冒金星，但是迈克还是看见几辆车渐渐减速停下，几个装备精良的人从车上跳下来。他们正是柯里昂家族雇用的私人侦探，负责在医院守护教父的安全。一位律师告知警长，这些人都拥有持有枪械的许可证件，如果他对此有所怀疑，那么第二天一早他将接受来自法官的质询。

这样看来，迈克实现了自己的目标：拖延住杀手，直到后援到来。

但他也付出了极大的代价，所受的伤将会伴随他一辈子。

同时，警长也成为他强有力的劲敌，他们之间的战争还远未结束。

对于迈克而言，战争不过是刚刚开始。

在这一次场景考验中，迈克开局不利，但是现在一切都结束了。我们不会再看到相似的场景，迈克无需再守卫这片区域，也不再是父亲唯一的保护者。他将再次与警长相遇。

只不过那时，他们都将手持枪支。

胜利之痛苦，挫折之震颤

上述例子中，我们看到了伴随着一系列挫折的胜利，看到了彻头彻尾的挫折，也看到了有胜利果实的挫折。

无论哪一例，挫折都是推动故事向前发展的动力，促使读者迫不及待翻阅下一页。

直截了当的胜利会使读者合上书，关上灯，在长夜中安心入眠。

但是当胜利伴随着挫折时，一切又将不一样。它和纯粹的挫折结局一样，将读者睡下的时间推迟再推迟。

而这对你这个作者来说，就是一种成功。

请记住，挫折的目的是推动故事发展，促使读者阅读下一章节。因此，场景中的挫折应尽可能的短，如果能一句话讲清，这最好不过。如果需要一个段落，也可以。但如若要占据几个段落，那就不好了，你最好调整一下。

之后会发生什么呢

当主动型场景结束之后,接下来会发生什么呢?

读者之所以会打开下一页,是因为她想知道你的视点人物将如何回应。

对于下一场景,有三种选择可供参考:

• 转换到新的视点人物,展开另外一条故事线。读者将对你上个场景的视点人物保持关注,在他们的脑海中,这个故事还没有闭环,你可以晚一点再揭晓后续如何。

• 立即让同一个视点人物建立新的目标,并展开新一场主动型场景的叙述。这适用于下一个目标显而易见,或者能够很快做出新决定的情况。

• 让同一个视点人物花点时间寻找下面该做些什么,这尤其适用于下一个目标并不明显,而且需要做出某些重大决定的时候。如果你决定采用这种方式,那么就需要知道如何创作被动型场景。后面四章将对此进行讲解。

第三部分

被动型场景

第十章 被动型场景的心理动因

从第六章到第九章,我们对主动型场景进行了深度学习,研究了主动型场景是如何引发读者的情绪共鸣的:不断锻炼视点人物强而有力的情绪肌肉,让肌肉组织一直保持在紧张的状态。

现在,我们要看看被动型场景。它们同样也会塑造情绪肌肉,但是以完全不同的方式:给予视点人物休息的时间,重整旗鼓。

这两种类型的场景缺一不可。

被动型场景的语境就是前面主动型场景中的挫折。这些挫折会带给人物压力,甚至会使人物退缩。而被动型场景将给出人物不退缩的理由。

如前所说,被动型场景由以下三部分组成:

1. 反应

2. 困境

3. 决定

现在让我们看看这三部分为何重要。

为什么被动型场景需要反应

当我们谈论反应时，更多时候讲的是情绪上的反应。当然，其中会有一点心理反应（"我简直不敢相信这居然发生了！"），也会有一点生理反应（"哦，我全身都很疼！"），但这里说的主要是情绪上的反应。

所有的人都有情绪。当我们被生活重创的时候，都会感到受伤。小说中，你的人物刚刚遭受挫折的一记重创，她需要时间消化，走出情绪低谷。否则，她就丧失了人之为人的特性，读者也无法建立起人物认同感。

通常情况下，读者都希望能化身为书中的人物，为人物的痛苦而痛苦，与人物的情感产生共鸣（除非他精神病态，没有任何同情心）。

因此，当人物处在反应阶段，作者可以触发读者的多种情感

按钮。由于这些情感完全取决于人物所受的具体挫折,所以无法在这里一一列举。但人物在此阶段的反应,应该包括挫折所能激发的所有感受,应该展示与人物所匹配的个性力量。我们将在下一章节看到相关的例子。

最终,反应阶段的情绪会自行消解。之后,就是时候继续前行,那么,人物应当向哪个方向前进呢?

为什么被动型场景需要困境

在被动型场景中,人物会面临两难的困境。如果在前一章主动型场景中,挫折的确可以称为挫折,那么通常情况下,就不会有任何好的选择。

只有坏选择。于是,人物所面对的问题就变成了,哪一个选择相对而言是最好的。

这就需要人物把情绪放在一边,尽可能理性地思考事物。但是要知道,只有少数人能够做到真正完全放下情绪。大多数人理性思考的时候,感性因素也难免会掺杂其中。销售员就很知道这一点，一个精明的销售员会引导顾客做出情绪化的决定，并给出足够多的理由来说明这个决定是多么"明智"。一个机智的作者也会对自己的人物做同样的事情。

但是，书中的困境至少要合情合理。假如夏洛克·福尔摩斯是你笔下的人物，那么在他推理的时候应该是最理智的（即便夏洛克也有情绪化的时候）。假如桑尼·柯里昂，教父那无所顾忌的儿子，是你笔下的人物，那么他在大多数情况下都会没那么有理智（但即便是桑尼，他也能在情绪稳定的时候，遵循适当的逻辑）。

不管你笔下的人物是谁，在面临困境时，他都将相信自己是非常理智的。这一点非常重要。无论他的思考是真的合情合理，还是有待商榷，你的人物都会认为自己的想法颠扑不破。

走出困境的关键就在于筛选出最好的那个选择。

为什么被动型场景需要决定

在现实生活中，我们通常会拖延做决定的时间，更倾向于不做出决定。但在内心深处我们知道，这是不对的，这种生活方式

第十章

并不好。这些不做决定的人,并不被人欣赏。

我们欣赏那些果敢的人。

因为我们也想变得果敢。

所以,我们想看勇敢做出决定的角色,因为这样可以在自己身上建立起情绪的肌肉记忆。

读者会全力支持人物做出决定。不能是坏的决定,那样太不值得钦佩了;但也不必是好的决定,因为那对于处在紧张情景下的人物来说,未免要求过多。

读者只是希望,人物能够在所给出的选择中,尽可能做出最佳决定。

他们不希望人物磨磨蹭蹭,只想人物能够消化痛苦,直面选择,理智思考,做出决定,推动故事的情节发展。

对于反应、困境、决定的建议

以自然的速度做出反应。这速度主要取决于人物是谁,以及挫折的严重程度。既不要速度太快,显得没有人情味,也不要拖延过长时间。

场景中的大部分篇幅将会被困境的内容所占据。面对选择，人物需要依次思考，并逐一排除，直到只剩下最后一个。根据需要，作者可以对每一种选择都展开叙述，但请不要浪费时间。因为读者阅读，并不是要获取解决困境的方法途径，而是一边轻敲桌面，一边等待情节发展到下一个主动型场景。

当人物把长长的清单精减至只剩下一个选择，那就是最终的决定。他需要确保至少有一成胜算，但目前还不需明确具体的做法——那是下一场景的内容。

*只有当人物开始行动，决定才能称为决定。*一旦他确定选择，就宣告着这一场景结束，下一场即将开始。

真的需要被动型场景吗

与主动型场景不同，被动型场景的紧张程度可能会稍微低些。当下，被动型场景的使用频次有所下降。一般而言，你将有三种选择：

第十章

- 以翔实具体的方式展示被动型场景。
- 以叙述性总结段落讲述被动型场景。
- 跳过被动型场景,直接进展到下一个主动型场景,让读者自己去琢磨在被动型场景发生了什么。

你当如何选择?可以跟随故事节奏的引导。

被动型场景会放缓故事的节奏。如果你希望故事能保持比较紧凑的节拍,那么可以适当跳过被动型场景。如果你希望故事能徐徐展开,那么可以详细地进行展示。

倘若你不打算对被动型场景事无巨细地展开,也应在心里想好,什么是人物的反应,哪里是困境所在,最终的决定为何,以及为什么这样的决定是最佳选择。

倘若你还是打算要写下被动型场景,那么就要遵循正确的顺序。先是人物反应,因为情绪会压倒理智,或者至少情绪会先爆发。接着是困境,因为理智会晚情绪一步。最后是决定,因为一旦人物做出了决定,这一幕就结束了。

人物的决定会促使读者迫不及待翻到下一页,看看这一决定是否会奏效。这与主动型场景的心理动因非常类似。你再一次在读者脑中创建开放的空间：这个冒着极大风险的决定会成功吗？还是会使现状更糟？要知道，当你创建了开放式的局面，读者读不到最后的结局是不会罢休的。即便是凌晨三点，他也会翻到下一页，看看后面发生了什么。

第十一章 如何创作引人注目的反应

被动型场景的开篇,是人物的反应。与主动型场景一样,作者应当尽快确定视点人物,最好在第一句话就表明。并且应当尽可能快地切入反应的部分。

这就引出了一个显而易见的问题。

如何设置合理的反应

反应的部分之所以会被需要,是为了给予读者强大的情绪体验。为了实现这一点,作者不能只是简单写下人物的感受,而是要详细展示,让读者切身体会,由此引发共鸣。

★ 合理的反应应当展示人物的感受

那么该怎么做呢？

我们将会看一些简单的例子，但核心理念都是展示人物感受到的生理反应。比如，他是在哭还是在笑？他有因尴尬而涨红了脸吗？有因愤怒而攥紧拳头吗？你可以试着展示这些，而无需直接讲人物是悲是喜，尴尬还是愤怒。

小说作家们在展示人物感受的过程中，并没有标准的术语。在《小说写作傻瓜书》(Writing Fiction for Dummies)中，我用的是"内心情绪"(Interior Emotion)。

★ 合理的反应应当与人物性格相一致

一些人物可能没有那么情绪化，而另一些人物则似乎总是将情绪外现，不同的人会以不同的方式表达他们的情感。

对于笔下的每一个视点人物，你需要明确他们的性格，并确保他们的情绪反应与他们本人相吻合。

比如,斯嘉丽·奥哈拉①的反应就不可能与杰克·雷彻②的一样。因为斯嘉丽是非常情绪化的,而雷彻却不是。他们都会经历痛苦、快乐、尴尬、兴奋、恐惧、憎恶、悲伤……但他们都会以自己的方式度过。

你的每一个人物也会有流露情感的独特方式,发现他们的特质,并一以贯之吧。

★ **合理的反应应当反映人物的价值观、抱负、故事目标**

在第七章,我们讨论过价值观、抱负以及故事目标。这些都会驱使人物不断向前,也会决定你的视点人物在主动型场景中树立何种目标。当视点人物受到挫败时,价值观、抱负、故事目标同样也会成为他产生反应的动力。虽然不是总起作用,但偶尔还是会有影响的。

---

① 玛格丽特·米切尔创作的长篇小说《飘》中的女主角,又译郝思嘉。——编者注
② 英国小说家李·查德笔下塑造的硬汉侦探形象。——编者注

★ 合理的反应应当与挫折成正比

小挫折意味着小程度的反应，一句话或者一个段落或许就可以将反应阐明。

而大挫折则会带来大的反应，需要几页才能将所有的情绪表达完毕。

据我的经验，人物的反应如同饭菜中的盐，一点点就会有很大的影响。人物的反应无疑会为你的故事增添一些强大而美好的东西，但需注意用量，否则可能会过犹不及，所以不要被人物的反应裹挟。阐明之后，要在读者对故事厌倦之前，继续推动情节前进。

被动型场景的例子

目前已经有足够多的理论在论述如何展示人物的反应。在前面的章节中，我们已经看到了三部重要小说在主动型场景目标、冲突、挫折或成功上的例子。接下来，让我们看看被动型场景中，有关人物反应的例子吧。

★《饥饿游戏》被动型场景中的人物反应

在书中第十四章的结尾,凯特尼斯携带着珍贵的弓箭,从皮塔、加图身边逃走。在追踪蜂毒液的作用下,她浑身发烫,跌跌撞撞一路奔跑。幻觉在脑海中不断涌现,她晕了过去。

当她渐渐苏醒,第十五章拉开序幕。

首先是一段叙述性的话语,描述在刚刚过去的时间里,人物对所有事物都感到模糊不清,思绪混乱,就如同慢慢恢复意识的过程一样。这些内容,只有一段。

接着,便是几页对内心情绪的描述。凯特尼斯的身体状况渐渐恢复正常,她开始感受到身体的疼痛,并逐渐平复那些需要消化的情绪。

她浑身酸痛,四肢僵硬,从头到脚湿透了,一点都不想动。

她在思考自己昏过去了多久,可能至少有一天的时间,或许更久。

她嘴里满是腐烂的臭味。

凯特尼斯正一点点恢复正常。

她的思绪飘回了家乡,回忆起参加游戏之前的时光,那时她还梦想着能和好朋友盖尔逃离十二区乏味的生活。但当她想起盖尔，脑海中却浮现出皮塔的影子，是皮塔救了她。为什么他会这样做？凯特尼斯冷静地想了想，但仍找不出皮塔救自己的原因。

她最后想起了自己的弓箭，一下子振奋起来。射箭是她的强项，她有活下来的机会了！

到这里，凯特尼斯事实上已经开始怀揣希望，人物反应的内容也就此完整。让我们再梳理一下：

- 人物反应这部分内容，在展示凯特尼斯情绪时，是否运用了内心情绪的相关理论？是的，只有第一段没有用。

- 人物反应是否与凯特尼斯的人物性格相一致？是的，整个反应过程是典型的凯特尼斯，她感受到疼痛，然后又转向理性。

- 人物反应是否反映了凯特尼斯的价值观、抱负、故事目标？是的，即便序幕不得不以痛苦拉开，但很快就转变成存活者心态。而她很关键的一条价值观，就是没什么比活下来更重要。凯特尼斯没有沉迷于痛苦，而是看到了新的希望，她其实可能会赢得游戏。

- 人物反应与挫折是否成正比？是的，挫折本身就很严重，她差点死于追踪蜂的毒液。而反应确实也花费了一些篇幅，近乎三

个满页。

★《异乡人》被动型场景中的人物反应

上一次我们读到克莱尔被虐待狂兰德尔队长抽拳朝肚子用力一击。当她渐渐缓过神来,她的同伴杜格尔·麦肯锡径直走到队长的房间,冲他发出怒吼。

一开始,克莱尔感受到的主要是一拳所带来的身体疼痛,喝下一杯牛奶,痛感便有所缓解。

接着,她不得不面对心理疼痛。兰德尔队长与她的丈夫弗兰克长得几乎一模一样,所以在她心中,自己就仿佛被一个信任已久的男人所打。这种情绪花费了好一阵才得以消化。

但是克莱尔仍不知道自己正身陷巨大的麻烦。杜格尔对此有所了解,但他没有告诉克莱尔。他带克莱尔离开酒馆,找到一处池水,让她喝了一点水,并告诉她关于兰德尔队长的故事。

几年前,兰德尔队长曾经两次下令鞭笞克莱尔的朋友詹米·弗雷泽。第一次就残暴无比,差点要了他的命。一周后的第二次,更变本加厉。

从杜格尔的眼神中，克莱尔复原了这个十分残忍的故事。

这只是故事背景，但却是很重要的故事背景。

在最后，杜格尔告诉克莱尔，兰德尔队长下令，要交出一个名叫克莱尔·比彻姆的国民，周一当天送到威廉堡。

克莱尔差点昏厥过去。到这一刻，她终于知道自己即将面对什么。

接下来事态将如何发展？会有两个被动型场景吗？

面对稍显复杂的文本，以下是我的解读。

戴安娜·加瓦尔东并没有依循主动型场景—被动型场景的模式安排小说场景，她将主动型场景的结尾与被动型场景的开头放到了一起。

主动型场景的挫折分为两个部分。第一部分是兰德尔队长的那一拳，随后是克莱尔对之的反应。接着，是有关詹米的故事背景。这部分既不是挫折，也不是反应，只是故事的背景。然后，是挫折的第二部分，即兰德尔队长下令克莱尔被交至威廉堡，随后是克莱尔对此的反应。

请注意，这里还没出现困境，也没有任何要做出决定的预兆。

第十一章

这些内容之后会陆续出现。

再一次,让我们共同梳理:

• 人物反应这部分内容,在展示克莱尔情绪时,是否运用了内心情绪的相关理论?是的,有一点。在第一次反应中,我们看到克莱尔双手在颤抖,我们能感受到她很反胃。对此,我认为即便展示得稍微多一点,也不会偏离主题,只是已经占据好几个段落了,已经足够。在第二次反应中,她近乎晕厥,几段之后,她才恢复。

• 人物反应是否与克莱尔的人物性格相一致?是的,克莱尔性格坚韧。她被考古学家叔叔一手带大,住在原始村落,处理过危机。她能应付眼下的事情。

• 人物反应是否反映了克莱尔的价值观、抱负、故事目标?不一定,但是在这一章内容中,很难看到以上这些将如何在她的反应中发挥作用,她在做出反应的时候并没有考虑太多。

• 人物反应与挫折是否成正比?基本上是的,一拳打在肚子上,确实需要较长的时间恢复,而且这可能会带来永久性身体损伤。当她得知自己不得不再次面对兰德尔队长,她近乎晕厥的反应也很合乎常理。

★《教父》被动型场景中的人物反应

在迈克·柯里昂的挫折中,他被受贿警长一拳打在脸上。

接下来的几个段落描述了迈克的反应。虽然这些段落短小,但却很有力量。

其中有一段讲述了他挨打时的感受。这一段很值得被引述,短小精悍、刻画精准:

他试着躲开,但拳头稳稳地落到了颧骨上,头骨中仿佛有一枚手雷爆炸,嘴里满是鲜血以及坚硬的小骨头,他后来才意识到那是他的牙齿。他感觉脑袋的一边肿了起来,好像被注满了空气。他双腿失重,要不是有两位警察架住,一定会摔倒在地。

之后,是几段插入。迈克父亲的律师与一伙持有持枪许可的兄弟们到了。律师问迈克,是否想起诉那些打了他的人。

然后,我们来到了迈克反应的第二部分,这部分给我们展示了迈克到底是什么样的人。尽管他此时几乎无法开口说话,但他拒绝上诉。他表示自己是不慎滑倒,并拒绝展示伤口。他知道警长认为他很虚弱。这部分内容也很值得完整引述,因为它用寥寥数字精准刻画了人物心理:

第十一章

看见警长高兴地瞥了自己一眼,他试着以笑容应对。不惜一切代价,他试图掩饰自己头脑中的冰冷寒意,如寒冬般的仇恨在他体内循环。他不想对这个世界上的任何人发出任何警告,正如父亲一样。然后他感觉到自己被送进了医院,接着就失去了意识。

上述我引用的两小段节选,是迈克反应的核心内容。让我们再梳理一下:

- 人物反应这部分内容,在展示迈克情绪时,是否运用了内心情绪的相关理论?是的,完完全全。读者不仅感同身受他所遭受的那一拳,而且也体会到了他冰冷的愤怒。

- 人物反应是否与迈克的人物性格相一致?是的,在前面章节中,我们已经知道,迈克是教父三个儿子中最强硬的,也是最像父亲的。现在我们看到的确如此。迈克的大哥,桑尼,可能会在怒火的驱使下盲目反击,因袭警而被当场杀死。迈克另外一个兄弟弗雷多可能会崩溃,在绝望的悲伤中沉沦。迈克的反应就像自己的父亲,藏起愤怒,等待时机,筹划复仇。这正是他的家族认同的,一个西西里人面对打击应当做的事情。

- 人物反应是否反映了迈克的价值观、抱负、故事目标?是的,这里体现了迈克的两条价值观。没什么比活着更重要，所以他并没有立即复仇，否则他可能会因此丧命。没什么比尊严更重要，他的尊严刚刚被践踏，所以他要计划报复，重拾尊严。

- 人物反应与挫折是否成正比？是的，简洁的反应，但集中有力。

反应之后的困境

就人物反应，我们已经阅读了三个场景例子。它们以不同的方式呈现，但都表现了人物对于重大挫折的情绪上的反应。

但场景不仅只有人物反应。这些情绪流露只是被动型场景的开始。

接下来我们的人物会如何应对？

我们还不得而知。

人物自己也无从知道。

这需要他们自己在困境中去挖掘发现。下一章，我们将对此展开讨论。

第十二章 如何创作引人注目的困境

写完人物反应的部分,已经开了个好头。反应是这篇迷你故事的开端,现在就该写下中间的主体部分了。

被动型场景的主体部分是困境。它将会展示当下考验的状态,并急需人物做出决定。但不能是随随便便的决定,得是好的决定。但显然,好的决定对于人物来讲,并非易事。

在这一场景中,视点人物只有一个任务,就是在一堆坏决定中找到相对不错的那一个,解决困境。

作者需要时时注意人物的优势及缺点。

夏洛克·福尔摩斯会追求完美、权衡所有选择,排除一个又一个有瑕疵的主意,直到剩下最后一个,即那个最有可能成功的想法。

但哈克·费恩就不会那么敏锐。他可能会放弃一个完美的计划，而选择一个糟糕的，只是因为他不知道哪一个更好。

这是彰显视点人物理性思考的机会，无论他是否擅长此道。如果视点人物没那么聪明，而你又需要他想出比较好的方案解决当下困境，那么就安排一个能快速思考的助手出现在这个场景中。

困境的模式

困境的典型模式非常简单：

- 视点人物针对下一场主动型场景目标思考可行的方案。
- 她会先看到方案的优势，但接着会发现其潜在的巨大危险，所以要么拒绝这个想法，要么先搁置不提。
- 重复这一循环，直到你做好准备进行选择。

请注意，视点人物不会将这些想法付诸行动。至少暂时不会，目前还不是行动的时候。此时此刻需要仔细斟酌计划策略。

你可以让人物想出尽可能多的对策，有时可能只有两个，有时可能会多一些。

因为选择会有无数种可能，而且你对于场景也没有字数限制，

第十二章

因此可以综合考虑,把它们列到一起,进行一些常规操作。比如选择一个看起来最简单的,找出它的瑕疵。然后重复这样的操作,直到将所有想法都考虑一遍。

这是一种经典模式。

但你并不一定要运用经典模式,也可以有其他方式展示困境,比如下面两个方法:

• 有时视点人物并没有在困境中担当重任。可能其他角色已经在场景中解决了困境,他可以简单地告诉视点人物应当做出什么决定。之后,视点人物通常会反对那个恐怖、可怕、愚蠢的决定,但争执总会失败,因为最终的结果会证明那确实是一个很好的决定。

• 有时视点人物似乎所有事都做了,唯独没有思考自己所处的困境。但实际并非如此。不是所有的思考都是有意识的思考。当人的身体工作时,潜意识其实也在工作。日常工作中,我是一个计算物理学家,但很多问题都是在散步、割草、砍柴的过程中解决的。

后面的例子中,我们将看到三部作品中的人物都付出了行动:凯特尼斯通过体力上的努力走出了困境,克莱尔面对所提供的愚蠢方案表达了愤慨，迈克则以冷酷的逻辑克服困境。

如果困境比较容易解决

如果视点人物的选择太过明晰，那么你可能根本不需要被动型场景，也无需困境。

但是如果没有困境，这也意味着前一场主动型场景中的挫折程度不够强大。你是否没有尽力为视点人物设置阻碍，导致对读者有所亏欠？是不是需要回到上一个场景，让挫折更艰难一些？

这是一个需要判断的话题，我无法给出标准答案。如果你认为需要一个强大的被动型场景，那么增强困境的唯一方法就是增强前面主动型场景中的挫折。但是，你也可以决定跳过被动型场景，直接以明晰的决定进入下一个主动型场景。这都由你决定。

当最佳选择显而易见时，就不要让视点人物过于愚钝，拖延时间过长。这会滞后人物行动，肯定会惹恼读者。如果困境比较容易解决，你也看不出如何能增加难度，就不要拖延。让人物快速做出决定。

当你花费大量篇幅描述人物的困境,这些困境一定得是十分棘手才行。

为什么非是左右为难的困境

困境会使故事的进展放慢。这种境况下,没有事件会发生,人物只是谈论自己能够做的事。

既然如此,为什么还需要困境呢?

一个很重要的原因,是困境能够展示视点人物的本质。一个好的困境之所以让人过目不忘,就是因为它建立在视点人物的缺点之上,建立在人物灵魂深处的矛盾之上。

当我们经历过人物的困境,就会看到他的本质特征。在角色的人生中,他可能坚信两条价值观,它们相互抵牾,但同等重要。他从未认真思考过其中的矛盾,但是当它们同时都亮在桌面上,哪一条价值观他会觉得"更接近真理"呢?

还记得故事的意义吗?故事教会村庄如何幸免于难,故事帮助村庄得以繁衍,故事展示村庄何以繁荣。之所以能做到这些,是因为故事会使人物做出决定,并观察他们将会走向何方。

一个正确的决定会让故事有机会向村落展示,它为何正确。

一个错误的决定会让故事有机会向村落展示,它为何错误。

这不意味着正确的决定能轻易做出,其实过程是艰难的。

这也是为什么人们会需要故事——让我们拥有情绪肌肉记忆,做艰难但正确的事,而非简单却错误的事。

被动型场景困境的例子

现在,让我们看一看那三部作品,是如何在被动型场景中为视点人物设置困境的。

★《饥饿游戏》被动型场景中的困境

在逃脱三只追踪蜂之后,凯特尼斯终于醒来。她意识到既然有了弓箭,自己就有机会奋力一搏、取得胜利。但是机会不等同于计划。凯特尼斯需要一个计划。她的计划会是什么呢?

她目前的身体状况并不适合制订计划,追踪蜂的毒液耗尽了

第十二章

她的能量,扰乱了她的思维。她独自蹒跚而行,勉强活了下来。

但她潜意识中仍在思考。这一过程我们虽然看不到,但是我们可以看到她从濒死的边缘逐渐好转。

她找到了水源,消毒净化,洗了一个澡,处理了烧伤,射下一只野鸟,并生火开始烧烤。

突然,凯特尼斯听到一些声响,她立即转向发出声音的方向,发现自己其实并非一人。体格最小的参赛选手,一位名叫露露的十二岁女孩,正看着她。凯特尼斯可以轻易杀掉露露,但她却提议两人结成联盟。

露露大吃一惊。其他所有人都认为她毫无价值,但是凯特尼斯却看到了她的闪光点。凯特尼斯认为露露可以成为自己对抗职业选手的有力盟友。

露露找到了一些能够解蜂毒的草药,敷在凯特尼斯的伤口上。凯特尼斯立即感到舒服多了,她拿出自己的药膏抹在露露的烧伤处。就这样,结盟已经有了回报。

凯特尼斯有新鲜的肉,露露又找来一些可以吃的根茎植物、浆果,她们一起做饭、交谈。

露露告诉凯特尼斯,她在背包中发现的"太阳镜",其实是夜用镜。而且皮塔不是虚情假意,他真的爱上了凯特尼斯。

接着,露露告诉了凯特尼斯一个关键消息,让凯特尼斯拿主意。她说,那些职业选手在湖边有个营地,储存着大量的食物。他们不像凯特尼斯和露露,不能离开补给过活。如果职业选手没有了食物,就支撑不了多久了。

灵光一现,凯特尼斯找到了自己一直在寻找的解决问题之道。尽管这一章节的结尾,读者并不知道她的计划是什么,但大家都知道,凯特尼斯已经胸有成竹了。

现在让我们来分析这一场景中的困境。在反应与决定之间,是什么起到了桥梁作用呢?

是结盟,凯特尼斯与和自己知识背景不同的人组队。这两个女孩结成盟友,一起对抗职业选手。她们共享药物、食品、信息。

她们甚至瓦解了饥饿游戏的精神。

饥饿游戏举办的意义就在于让不同的区相互钳制。是摧毁信任,阻止各区联合起来对抗中心统治——凯匹特。

当然,职业选手也会结成联盟,这样他们就可以少一些敌人。

但是职业选手之间从未真正地产生友谊,他们只是暂时结盟。

而凯特尼斯、露露不只是盟友,更是朋友。

整部小说,凯特尼斯在两个价值观中举棋不定。一个是没什么比家人更重要,另一个是没什么比活着更重要。

露露不是凯特尼斯的家人,但她让凯特尼斯想起了自己的妹妹波丽姆。露露很有人情味,为人善良,凯特尼斯将她视作家人。

她知道,自己和露露不可能都活下来。

但她把这个想法赶出了脑袋,并做了一件正派的事,一件有人情味的事,一件即使万年过去也依旧闪耀人性光辉的事。

她与一位陌生人建立了良好的信任关系。

也正因如此,她想到了一个主意。这个想法单靠她自己无法成形,她需要露露来实现,需要露露所拥有的、所知道的。

在章节末尾,凯特尼斯有了一个计划,她做出了决定。我们不知道具体是什么,但当翻到下一页,就会找到答案。

★《异乡人》被动型场景中的困境

克莱尔刚刚经受过双重打击:腹部被兰德尔队长打了一拳,

得知自己可能要在周一被交至威廉堡。她该怎么办？

  克莱尔确乎被困住了。如果她周一被交至队长，那么她很可能余生都要在英格兰监狱中度过；如果她试图逃跑，那么苏格兰护卫杜格尔及其手下会追捕她；如果她试着劝说他们帮助自己逃跑，这无异于请求他们为了自己一个异乡人，无视英格兰的诉求。

  而这也是解决她问题的开端。

  克莱尔是英格兰人，受英格兰法律约束，对英格兰军队的命令毫无拒绝的可能。但是她现在住在苏格兰，而且苏格兰人只要不是罪犯，就不受英格兰法律约束。

  克莱尔需要变成苏格兰人。

  变成苏格兰人的唯一方法，就是嫁给一个苏格兰人。

  克莱尔并不知道这些，她不可能知道游戏规则。因为她来自1946年，而这是1743年的世界。

  但是杜格尔深谙此道，而且他已经为克莱尔的问题思考数周。

  杜格尔有另外一个问题，他的侄子詹米·弗雷泽，是一位勇敢的青年，是极有魅力、备受欢迎、表现出色的战士。同时，也是杜格尔与兄弟科拉姆的政治威胁，科拉姆是詹米所居住城堡的

第十二章

地主。兄弟俩知道,在未来的某一天,詹米很有可能超越他们,得到家族的控制权。但如果詹米娶了一位异乡人,就会永远被贴上无法被信任的标签。对于家族来说,他也会有一点点异乡人的感觉。

杜格尔、科拉姆希望詹米能够迎娶克莱尔。这样他们就无需担心詹米可能会成为自己的政治敌手,而且还能解决克莱尔与兰德尔队长之间的问题。

这是杜格尔想强加于克莱尔身上的决定。

他向克莱尔解释了当下的情况。

对于这个决定,克莱尔并不开心,并脱口而出"不行"。

她真正想说的是,她已经嫁给弗兰克·兰德尔,一个二十世纪的人,一个还未出生的人。但这已超出了她的解释范畴,没人知道她来自未来。

所以,当杜格尔询问为何她不能结婚,以及她丈夫是否还活着时,她只得说没有。

接着,杜格尔和盘托出,克莱尔必须成为一名苏格兰人,只有这样,他才能回绝兰德尔队长的命令,才无需将克莱尔交到兰德尔队长手上。

除非她想去英格兰坐牢。

但杜格尔已经做好了铺垫工作,他已经和克莱尔讲述过兰德尔队长下令两次鞭笞詹米的残酷细节。

兰德尔队长极度邪恶,而詹米十分坚韧。

如果克莱尔嫁给詹米,他会用尽全身的力量保护她不受伤害。

克莱尔其实也有点喜欢詹米。他受过教育、善良忠诚,而且还有一点性感。他确实要比克莱尔年轻几岁,但那不是主要问题。

事实上,克莱尔依然想要返回1946年的世界,但回去的方法就只有穿过巨石阵。詹米或许可以带她到那里。

思考过后,克莱尔意识到自己别无选择。随着抵触心理一点点被瓦解,她想和詹米谈谈看。他被迫娶自己,肯定也有什么要说的,不是吗?

但詹米其实欣然接受了娶她的安排。

最后,克莱尔问詹米,自己并非处子之身,他是否会介怀?

詹米咧嘴一笑,耸耸肩表示,并不会,只要自己是处子之身不会困扰到克莱尔就好。

第十二章

克莱尔有些措手不及,她知道詹米曾在法国军队待过两年。他居然还是第一次?她不知道该说什么,于是并没有说话。

更何况,除了最后这一个微弱的选择,克莱尔别无他法。

让我们分析一下这一场的困境。这是一个典型案例,即视点人物无法单凭自己的能力解决困境。克莱尔没有办法找到这唯一的出路,因为她对英格兰、苏格兰法律了解不多,也没有办法强迫詹米与自己结婚。

所以,杜格尔在这里起到了指引的作用,将克莱尔带出了困境,引导她接近解决的方案。这个主意并非杜格尔独自现场想出,他的哥哥科拉姆更聪明,几周前就已经把这个想法告诉了杜格尔。杜格尔只是在适当的时刻,将科拉姆的计划加以实施。

它之所以最终发挥了作用,是因为克莱尔并没有更好的出路。

詹米倒是有一个选择,他可以拒绝。这样,杜格尔就会把克莱尔嫁给其他人。但是詹米有一件事,是其他任何人都没有想到的。

詹米爱上了克莱尔。

疯狂地爱上了她。

从他知道她的时候就开始了。

这场婚礼,对他来说并非惩罚。

反而让他实现了自己的自由意志。

克莱尔确实是被硬塞进一个婚姻,但她无需抱歉。

★《教父》被动型场景中的困境

迈克·柯里昂被腐败的警长狠狠揍了一顿,他没有立即反击,因为这或许会招来杀身之祸;也没有提出上诉,因为这会使复仇的责任落到执法者身上。

迈克准备自己承担复仇的重担,但是想复仇与复仇成功是两码事。迈克将会如何让那位坏警察付出代价呢?

他目前为止还不能有所行动,因为此刻他正躺在医院,陷入昏迷。但是第二天早上,他父亲的副手,汤姆·黑根会把他叫醒,带他回到被层层守卫的家族宅邸,帮助他尽快上道。

事实1:暴打迈克的警察毫无疑问有所欺瞒,他肯定收取了唐·柯里昂袭击事件幕后指使者索洛佐的贿赂。这位警察是麦克拉斯基警长。

事实2:柯里昂家族刚刚枪杀了布鲁诺·塔塔利亚,他的家族

第十二章

是索洛佐的赞助人。这是他们刺杀唐·柯里昂的代价,同时,这也是家族之间长久战争的开端。

事实3:唐·柯里昂的得力干将,一位名叫卢卡·布拉西的残暴杀手,已经死了。他被杀于唐受攻击的前一个夜晚。他是柯里昂家族顶级人物,但现在已经不在了。

事实4:索洛佐要求一场会面,而柯里昂家族中他只信任迈克。他会确保迈克的安全,并且向柯里昂家族提出了一笔极具诱惑力的买卖,柯里昂家族几乎无法拒绝这一提议。他声称鉴于自己的盟友布鲁诺·塔塔利亚已经死了,以血还血,这对双方都很公平。他希望所有人都能让过去的事过去,大家继续前行,不必挑起血腥的战争。

当迈克回到家中,他发现家族里面一片争执之声。他的哥哥桑尼,他父亲的副手黑根,他父亲的两位主要头目都在现场。

争执的焦点在于如何回复索洛佐。

这是一场严肃的困境,因为是索洛佐策划了袭击唐·柯里昂事件,现在他却想求和?他能被信任吗?另一方面,柯里昂家族现在有实力与之抗争吗?他们是否应该安静等待,在积极筹备战争的同时,让迈克参加会面?但这样是否意味着又给了索洛佐时间,策划下一场针对唐的袭击?

家族会议的目的就是解决困境。

汤姆·黑根率先发言,他认为家族应该至少先听听索洛佐的提议。为什么不呢?说不定会是一件好事。

桑尼非常愤怒,坚称没有会面,没有停战协议。他提出最后通牒,柯里昂家族应当要求砍下索洛佐的脑袋,否则就发动与他背后的塔塔利亚家族的战争。

这个主意并不明智,黑根立即加以解释。索洛佐雇用了麦克拉斯基警长作为保镖,要想杀死索洛佐,就必须先通过麦克拉斯基警长这一关。而杀害一位纽约警察,无疑会摧毁家族商业事业,整座城市会以正义之名声讨柯里昂家族。桑尼的想法是无望成功的。

迈克询问,是否可以将父亲从医院带回来,他越快回到安全的地方越好。如果能把父亲带回家,就能为家族赢得一些时间。只要唐·柯里昂在医院多住一天,他就依然需要面对来自索洛佐、麦克拉斯基警长的威胁。

第十二章

但此法亦行不通。桑尼解释到,父亲现在的状况很差,无法出院。医生告诫说,出院无异于要他的命。

迈克表示,他们必须杀掉索洛佐。索洛佐不能被信任,他会再次尝试杀掉唐·柯里昂,而且很可能会成功。这不是一道选择题。索洛佐必须现在被杀掉。

其他人也看到了其中的逻辑关联,但目前为止这还算不上是有了决定。当家族决定好何时、由谁、通过什么方式来执行刺杀索洛佐,才算得上是决定。

这只是一个开始,困境仍在凝望他们。

桑尼指出了刺杀索洛佐的困难所在——他被麦克拉斯基警长所保护。

迈克表示,如果索洛佐要被杀死,那么麦克拉斯基也得死。确实,这有点极端冒险。但麦克拉斯基是腐败分子,一旦市民们发现这位死去的警察其实拿着黑手党的钱,他们的正义怒火就会烟消云散。没人喜欢贪污的警察。

但这仍然不是决定。

谁来担此重任呢?

迈克很显然与会面脱不了关系,他说索洛佐早已向他提出会面的想法,因为他是迈克·柯里昂,桑尼温和的弟弟、值得信任的海军陆战队士兵、常春藤大学男生、柯里昂家族的另类人。

所以,迈克问到,如果他去参加会面,结果会如何呢?当然,他不会携带枪支,因为对方会对他进行武器搜身,所以他需要干干净净地进去。但是,家族会想办法在会面过程中给他弄到一把枪,这样他就可以击杀索洛佐、麦克拉斯基。如此怎样?

桑尼对此一笑置之,认为这是一个愚蠢的想法。如果迈克杀死了纽约市警察,他将被审判坐上电椅。而且不管怎样,难道迈克不知道这不是像战争里那样的远程射击?如果他要干掉黑手党的一员,就得拿枪抵住对方的脑袋、扣动扳机,漂亮的礼服会溅上鲜血。桑尼笑出声来。

但是迈克没有笑,他是认真的。迈克看到所有人都认为他是软弱温和的,而这也是他不公平的优势。

因为迈克其实并不软弱,他有的是勇气,他是唯一一个敢和唐·柯里昂对抗的儿子。在迈克的灵魂深处,有一部分是由冷酷的钢铁做成的。

第十二章

这非常合乎逻辑。索洛佐需要被杀死,因此,麦克拉斯基也要被杀死。迈克之所以可以担此重任,是因为他们的敌人都认为他温和可欺。除他之外,没有人能够靠得足够近完成击杀。这是唯一可行的方案,而且迈克自告奋勇。他没有妻子,也没有孩子,如果他需要逃跑并隐藏多年,也没什么牵绊。

从家族的视角来看,这确实是唯一的办法。

现在,让我们分析一下他们解决困境的过程,这就像一道逻辑题。可以尝试这个选择吗?不行,要考虑某某因素;那个选择如何?也不行,有以下某某原因……直到最后,只剩下了一个选择。

这很冒险。

这是孤注一掷。

但这是唯一可以符合屋内所有人的目标、抱负、价值观的选择。你或许会说,这是个糟糕的决定,因为它不符合你的目标、抱负、价值观。它也不符合我的。但是,《教父》可不是一篇关于好人的故事。

你无需与书中的人物达成一致。

但是,一旦你理解了他们的目标、抱负、价值观,就可以理解他们的选择。你甚至会同情他们。

你可以和他们一起踏上这条旅程。这是一条你绝对不会独自走上的道路。

迈克有两条价值观彼此矛盾：没什么比做正确的事情更重要，也没什么比家人更重要。故事进展到这里，他一直信奉的是要做正确的事。但是现在他要做一些完全不同的事情，因为他的家族之前从未如此岌岌可危。

面对家族的危机，迈克真正的价值观开始浮现。从现在起，没什么比家人更重要，柯里昂家族。

同时，这也是从第一章就初见端倪的问题的解决方案。柯里昂已经老了，他的第一个儿子桑尼过于鲁莽不能成为合格的继承者；二儿子弗雷泽，太软弱；小儿子迈克，太正直。

当教父退休或者去世，谁会成为下一任教父？

通过迈克上文的决定，相信我们心中都有了一个可能的答案。

结局意味着新的开始

当困境结束,我们看到人物做出了决定,把我们带向下一个场景(或者稍微靠后的场景,如果你的故事是多线并行)。

困境通常情况下会比较长,而决定会比较简短。

在下一章,我们将拭目以待,如何将人物决定合理地设计进被动型场景,完美收官。

这并不复杂,但需要你找到正确的方法,这也是我们接下来的重点。

第十三章 如何创作引人注目的决定

现在,你已经完成了被动型场景的绝大多数内容。困境部分的内容就占据了场景中的大部分篇幅,是时候开始写结尾了。你可以从困境众多选择中选一个,并投入地叙述。

什么构成好的决定

首先让我们明确一点,视点人物通常情况下没有什么好的选择。她只有差的选择,以及更差的选择。所以,当谈论起"好的决定"时,我们不是在说要对你的人物有好处,而是在说要有助于故事的推进。

我不想让你被迫接受一堆颠扑不破的规则,因为小说并非一成不变。但是确实有一些经验规则会指点你思考自己的人物决定是否足够强大，是否能给予读者强大的情绪体验：

• 国际象棋法则适用于此。当你在下棋时强行开线，会减少对手的选择，从而可以较为容易地预测对方的招数。小说也是如此。当你的人物做了大胆、坚定自信的决定，他就比故事中的其他人更有优势。

• 决定可能会成为未来主动型场景的目标，所以它需要符合我们在第七章所谈论的关于合理目标的原则。总结而言，目标需要符合场景中的时间，必须是可行但也有难度的，要与人物的故事目标、抱负、价值观相一致，要具体客观。

• 决定越具有风险，人物就越要清楚地认识到：是的，这确实很冒险，但这是最好的选择。因为读者不会喜欢傻乎乎直接走入危险的角色。相反，他们会敬佩那些明知有风险，但为了更伟大的东西而选择克服风险的角色。

• 决定必须被全力践行。如果视点人物一直犹豫不决，那这就不是决定。他必须对所决定的事情全力以赴。如果人物能够不遗余力，那么读者也会严阵以待；但如果连人物都踟蹰不前，那读者可能就要合起小说上床休息了。

被动型场景中的决定举例

在我们讲解的三部小说的被动型场景中,视点人物都做出了决定,现在让我们一睹究竟如何。

★《饥饿游戏》被动型场景中的决定

上一章的结尾,凯特尼斯想出来一个计划,但是苏珊·柯林斯并没有把具体内容透露给我们。在场景的最后一段,凯特尼斯表示自己想到了对策。她不再处于防守状态,相反,她准备进攻。前一章就此结束。

这是被动型场景结束的一种方式,即宣布已有对策,并结束章节。

另外一种方式,就是将对策讲出来。

无论选择哪种,不要让人物对计划避而不谈,否则就是敷衍读者。要么讲出计划,要么直接进行下一场景。

所以,凯特尼斯的计划是什么呢?

下一章我们就可见分晓。

她想切断职业选手的食物供给。

当然，这很冒险。职业选手会疯了一般战斗，努力保护食物。

但凯特尼斯与露露必须采取行动，否则职业选手就会伺机而动，直到游戏制定者强迫他们一起行动，这会给他们带来优势。

如果凯特尼斯袭击了职业选手，游戏制定者就会为了提高收视率而把摄像机聚焦到她的行动上。他们会给她时间，而这正是她所需要的。

实施计划的收获将很丰厚。职业选手不知道离开补给如何过活，他们还没尝过挨饿的滋味。在过去的几年中，当职业选手失去自己的食物补给，他们大多会被很快杀死。

这就是凯特尼斯的决定。这是一个好的决定吗？让我们分析一下：

- 这是强行开线吗？当然是。如果行动成功，凯特尼斯将会大大减少职业选手的选择。
- 这个决定会成为下一场主动型场景的合理目标吗？是的，它有可行性，但也有一定困难，它也很具体客观。
- 凯特尼斯承认这很冒险吗？是的，但她也罗列出这次行动的

理由。发起行动时,她睁大眼睛、小心谨慎。

• 她有全力以赴吗?绝对有。露露也竭尽所能。

经过分析,这是一个好的决定,而且我们也知道了下一场主动型场景的目标。

★《异乡人》被动型场景中的决定

上一次我们离开克莱尔时,她正考虑杜格尔·麦肯锡提供给她的建议:嫁给詹米·弗雷泽。

杜格尔对此当然另有自己的小算盘。但事实上,这也是克莱尔目前的最佳选择。场景中的困境已经帮她筛选过其他选择。

在这一场中,当克莱尔说服自己要嫁给詹米,决定就此成型。

当然,她仍对此感到震惊。到目前为止,她在故事中的重心都是如何返回1946年。但如果她不嫁给詹米,她就无法活到返回原世界的那一天。所以,她接受了。

这是一个好的决定吗?且看分析:

• 这是强行开线吗?是的。克莱尔将要成为一名苏格兰公民,这将拦腰斩下兰德尔队长的权威,他日后可采取的措施将大大减少。

- 这个决定会成为下一场主动型场景的合理目标吗？是的，需要签订一些法律文书，短时间内找到一条裙子。还有一件大事一直萦绕在她心头：除非他们圆房，否则就算不上是合法婚姻。克莱尔不爱詹米，但她并不能逃避这件事，两人一起度过了洞房花烛夜。她喜欢詹米，这也会转移自己的感受。

- 克莱尔承认这很冒险吗？这里的冒险并非指身体上，而是情感上。在她心中，自己嫁给了两个人，即便其中的一个还未存在于世。的的确确，这很疯狂，而且已经将她的心撕成两半。但是她也清楚，这是必经之路。

- 她有全力以赴吗？是的，她在危机关头签上了自己的名字，说出了誓言，走上了婚床。这是严肃的付出。

在下一场景，将有一些挑战等着克莱尔。而读者也绝无可能会在那时合上书本。

这是一个好的决定。

第十三章

★《教父》被动型场景中的决定

上一次我们读到,迈克提出自己去见索洛佐以及麦克拉斯基警长,并对其射杀。

但那还不是决定。那是家庭会议,除非得到其他家人的同意,否则还算不上是正式的决定。

迈克已经解释了为什么需要人来达成这一目的,而且也解释了为什么自己是唯一人选,因为他可以足够靠近索洛佐而免受提防。

在座其他人陷入一分钟的沉思。

现在到了做决定的时候。既然是集体决定,必须要一个一个来表态。

迈克的兄弟桑尼拥抱了他,并说自己觉得这个主意不错。

家族副手汤姆·黑根也认为这个方法可行,只是他仍有所疑虑:必须由迈克实施吗?

他们再一次筛选了所有的选择。这里没人既能得到索洛佐的信任,又能有胆量担当大任,除了迈克。

除此之外,还有许多细节问题需要商讨。比如该如何执行?

他们会用到枪，家族中最冷酷无情的一把：枪管短、爆破力强，而且无需精准，因为射程短。他们会在枪管、扳机上贴上一种特殊胶纸，以免留下指纹。他们告诉迈克，一旦他杀了人，就必须马上扔下枪离开，这样他就不会因为携带凶器被捕。他们可以搞定证人，但前提是他手上不能有冒烟的枪。同时，他们警告迈克，关于他将要做的事情，不能透露给女友任何信息。

这下，板上钉钉，决定已经做出。

这是一个好的决定吗？

正如我们在上一章中所讲的，你不必与这个决定达成一致。你可以说，如果是你，你永远不会选择这个决定。

但是，你不是迈克·柯里昂。

这是属于他的决定，而非你的。

你不用赞同这个决定，但是你需要去理解它。

所以，让我们根据标准，对这一决定做分析：

• 这是强行开线吗？是的，如果成功的话，就相当于将了对手一军。对敌人的斩首，将一举击败塔塔利亚家族。战争将不会发生，因为国王索洛佐将面临死神。

第十三章

- 这个决定会成为下一场主动型场景的合理目标吗?是的,这是一个引人注目的目标。它有可能实现,但非常、非常困难。它符合迈克价值观中的一条,而且具体客观,在接下来的主动型场景结尾中,索洛佐、麦克拉斯基警长要么被杀死,要么活下来,没有第三种可能。

- 迈克承认这很冒险吗?绝对的。他知道自己可能会被杀死,最好的情况是他会在外逃亡很长一段时间。迈克不是天真的傻瓜,但是他百分百确定,如果他不这么做的话,他的父亲就会被谋杀。非常时期,非常手段。

- 迈克有全力以赴吗?毫无疑问。他将冒着生命危险扣动扳机。如果他临时退缩,没有第三种选择。这次行动中,他将火力全开。

迈克的大场面即将到来,他还从未经历过。

如果不看下一场景就把书放到一边,那你太没有同理心了。

从创作伟大故事的角度来看,这是一个伟大的决定。

尽管这个决定可能会以迈克的生命为代价。

接下来会发生什么

一旦结束了被动型场景，接下来要做什么呢？

读者之所以会翻动书页，是因为他必须得知道这个决定会如何发挥效用。

所以你有两个选择：

• 在下一场景换一个新的视点人物，展开另外一条故事线。你的读者会疯了似的担心刚刚所作出的决定后续如何。为什么要这样做呢？因为这样读者会在脑中形成尚未闭合的圆环，并因此备受煎熬。当然，你将会晚些时候重拾这条故事线。但是同时，这些开放式的结局会促使读者不断翻开下一页。

• 让同一个视点人物进入主动型场景，在这里，目标正好是她在被动型场景中所做出的决定。

截止到目前，我们已经用四章的篇幅分别讲述了主动型场景以及被动型场景。在动手创作之前，你已经准备好去写下一个崭新的场景。你应当充满信心，相信自己会写出引人注目的场景，它们会吸引读者保持阅读长达几小时之久。

第十三章

但是对于那些你已经写下的场景,该如何做呢?鉴于当你第一次创作时,还不知道该如何去设计场景,如果它们不尽如人意,该如何处理呢?或者,即便你知道该如何设计一个出彩的场景,但你在动笔之前并没有真正做好设计工作,导致写出的场景并不是优秀的作品,又该当如何呢?

你能在粗瓷碗里雕出细花来吗?

是的。

不。

或许可能。

请继续阅读吧。

第四部分

总　结

第十四章 对症下药：修补不成立的场景

到目前为止，我们已经探讨了雪花写作法的第九个步骤。这一步主要涉及如何在创作之前设计好每一个场景。

现在，我们将要讨论如何在创作之后编辑场景。

所以这次的讨论对象，是故事的第二稿。

在第二稿中，你可能会对许多场景设计做出重大改变。以下是为何有些场景可能需要修补：

• 你可能在下笔之前并未对场景进行编排设想，所以最终的呈现要么毫无设计可言，要么就是无法直视。

• 即便在下笔之前你设计了场景编排，但行不通。只是有时除非你真的动笔写下来，否则不会发现这种安排是让人难以接受的。

• 即便你一开始的设计别出机杼、独具匠心，但动笔之后，可能会看到场景已经有所改变，甚至会呈现出与预先想法不一样的样貌。

- 即便你完美地设计并写出了场景，也可能会存在小说本身需要调整的情况，因而这一场景现在也随之要进行修改。

作者皆凡人，他们大多数会在第二稿时发现许多场景都需要大改。这完全没有问题。通向完美底稿的唯一路径，就是糟糕透顶的第一稿。很多职业作家会告诉你，他们写过许多差劲的第一稿，我本人当然也有，所以没有必要为此羞愧。

那么该如何上手呢？

对症下药："优""差"或"尚可"

在战场上，医务人员总在做的一件事情，就是对伤患进行分类判断、对症下药：

- 即使我什么都不做，这个人也能活下去。
- 无论我做了多少，这个人终究会死去。
- 这个人命悬一线，我需要立刻就对他进行救治。

这非常重要。医护人员面对的病人成千上万，但拥有的时间

第十四章

却寥寥无几,更何况他们也面临着随时被敌人炮轰的危险。在注定得救与丧命的病患身上不浪费时间,显得至关重要。医生需要把所有的精力放在那些只要立即救治就还有可能生还的患者身上。

在小说第二稿你编辑场景的时候,分类判断也会发挥相似的作用。有三种情形可供选择:

• 优,场景呈现效果良好。后续几稿可能需要细微调整,但是构思精巧,写作顺畅。那我会判定这个场景没有问题,继续写下一场景。

• 差,场景呈现糟糕无比,而且无力回天。无论是修正拼写、在适当的位置添加逗号,还是加快情节节奏,都无法挽救目前的状况。那我会判定这个场景大有问题,需要被丢弃。然后我会设计一个全新的场景或者干脆舍弃。

• 尚可,或许这个场景还能够补救,但这意味着必须重新设计及书写。我会立即开工。

以上三个选项,你该如何进行判断呢?

何种情况是"优"

等级为"优"的场景,需要同时满足两个要求:

• 场景能够逻辑自洽,独立发挥微型故事的作用。读毕全章,给人持久震撼的情绪体验。

• 能够明确地看出本场景考验为何。在主动型场景中,考验就是挑起冲突的起因。在被动型场景中,考验就是具体的困境。

如果该场景能够通过上面两个考验,那就判定为"优"。

如果并未满足上述要求,它必须有充足的理由才能得以保留。这确实是会发生的。写小说不是盲目服从条目。或许会有一个原因让场景得以保留,而无需通过考验。

但这个理由需要成立。

在第二稿中,一些场景会被保留,但另一些会被删去。

何种情况是"差"

相较于丢弃已完成的场景,我更喜欢尽力去补救,因为它们

都是付出了辛勤努力才得以面世。但是，如果出现以下情况，我仍会选择砍掉一些：

- 场景与作者所叙述的故事不相符合。如果场景与整体故事不吻合，那它就不应当出现在这里。删掉它。
- 场景并没有给读者强大的情绪体验，而且我也想象不出它能给予人力量。实际上，整个场景都出现了理解偏差，我一定是在写作时没有集中精神，才导致它毫无魅力可言，而且也无法挽救。
- 场景没有明确的考验，而且也无法硬塞一个考验进去。
- 场景并不是一个成型的故事，而且无论我做什么补救也无法使它成型。

每个场景都必须有自己的分量，都必须构成一个故事，都必须给读者带来强大的情绪体验。如果某个场景只是在"搭建舞台"，那就大错特错；如果只是"补充背景故事"，那也大谬不然；如果只是"展现角色动机"，那依然是失败的。

以上这几点并非不需要。许多场景都会为小说搭建舞台、补充背景故事、展示角色动机，但场景需要做的还有更多：它们需要讲述一个故事，在读者脑海中放映一场电影。

如果你的场景不能发挥自己的作用，那就及时遏止它，因为它在吞噬你故事自有的生命力。不要手下留情，将它的尸体丢给鲨鱼，潇洒走开。

但请以正确的方式砍掉它。

说不定你可以将其分解，并创造一些价值。

当决意砍掉场景时，我一般不会直接点击删除键。

我可能会改变主意，或许还会挽回一些对话甚至更多内容。

我会将这类场景标注出来，盘算着日后删去它，并继续下一章的写作。

然后，在下一次底稿中，我会删掉所有被标记过的场景（当我开始一个新的底稿时，第一件事就是创建原稿文件的副本，并重命名为"第二底稿"或"第三底稿"等。接着，我会在新文件中编辑创作，从不会对上一底稿做改动）。

这样一来，如果我想在日后的底稿中使用一句话、一个短语或者一些对话，那我总能找到它们。

在工作中，我已经对许多场景挥刀下手，但每一次，我都格外清醒。

但是大多数场景不需要砍杀。

它们需要的是治愈。

如何处理那些"尚可"的场景

创作中,我的大多数场景都会被标记为"尚可"。如果它们既不是"优",也不是"差",那么就是"尚可"。

这就意味着我需要竭尽全力救治它们。

这有一个过程,比如:

1. 决定这个场景应该是什么样子。它是一个主动型场景,还是被动型场景?你可能一开始对此也有设计,那这个设计是否还可以正常运转?还是说,你最初也没有具体的想法?如果你的想法不可行,或者第一稿根本毫无设计可言,也无需担心,这不是什么大错。但是现在,你需要决定这个场景应该是什么样子。如果你还是不能下决定,*那么请做好删除的标记,因为它可能已无法挽救。*

2. 如果你决定这应该是一场主动型场景,那么就写下目标、冲突、挫折或者胜利分别为何。强烈建议具体写出考验为何。

3. 如果你决定这应该是一场被动型场景，那么就问问自己，这一场是否可以被跳过。当代小说的趋势，是减少被动型场景的数目。你是否可以用几个叙述性总结段落来替代这个场景？甚至，你是否能够直接跳过并进入下一个主动型场景呢？或者，你是否为了抓住读者的注意力，而必须在这里使用被动型场景呢？

4. 如果这是一场被动型场景，而且你想要维持原计划。那就写下反应、困境、决定分别为何。仍然建议写出详细的场景考验。

5. 如果可能，请写下你想让读者在这一场景中获得的有张力的情绪体验。

6. 重写这一场景。

7. 在重写之后，你需要对场景进行二次区分判定。可以立即完成，也可以做好标记之后再做，但你不能因为这是重新写作的，就判定它是合格的。该场景仍需通过检测，以确保能发挥故事的作用。所以，无论何时，请再次进行分类判断。

有很多工作要做，不是吗？

是的，确实有很多工作要做。编辑是一项苦差事，专业作家

第十四章

通常会呕心沥血对作品进行打磨。请向更专业的方向前进。

场景分类的例子

无论是《饥饿游戏》《异乡人》,还是《教父》,我都没有原始的底稿。我敢打赌作者肯定对大多数场景都做了认真的分类判断,但我无法得知他们到底做了什么修正。呈现在我们眼前的,就是成果。

我只知道自己的场景是如何进行分类判断的。

所以,我只能讲讲自己作品创作过程中,对场景的分类判断。

下面展示的例子摘自我与朋友约翰·奥尔森(John Olson)的小说《氧气》(*Oxygen*)。

这是一本科幻悬疑小说,讲述在未来数年之后,人类执行第一次火星任务的故事。这本书出版于2001年,我们将故事的时间设定为2014年。约翰和我专门研究了天体轨道,并依据2014年地球、火星的相对位置,设计了小说中的人物。起飞计划定于超级碗的前一天,计划在7月4日登陆(这本小说中,由于资金问题,电视收视率对美国国家航空航天局至关重要，因此他们选择了能为美国观众带来最大广告收入的那一天）。

小说中的考验很简单。在任务开始两个月后，飞船阿瑞斯10号发生爆炸，所残留的氧气只够四名宇航员中的一位活着抵达火星。那么由哪个人决定谁将活着，谁将死？又该让谁来执行该决定？

这里补充一点技术上的背景知识：在航天器上，氧气通常是由电解水或电解二氧化碳产生。小说中的爆炸没有直接破坏氧气，而是毁坏了大多数供电太阳能板。随着飞船距离地球越来越远，日照时间也越来越短，供电量也越发少。我们计算出，到4月10日，飞船上的能量将不足以维持四名宇航员的生命。

关于考验还有一点值得一提，在四位宇航员中，两位是男性，两位是女性。鲍勃认真地爱上了瓦尔基丽，但是瓦尔基丽对此毫不知情。

爆炸发生后，小说在故事中间部分，讲述了美国国家航空航天局如何制定一项拯救所有四名宇航员的不可能计划。为了让计划奏效，一切都需要准备就绪：

- 飞船上的医生瓦尔基丽将把其他三位宇航员置于暂时昏迷状

第十四章

态,以节省氧气。

- 瓦尔基丽将会保持意识清醒,并在接下来的数周时间里照顾他们。

- 5月16日前后,美国国家航空航天局将重启另一艘正在前往火星的机器人飞船,使其与阿瑞斯10号深空会合。该飞船比阿瑞斯10号早一月升空,所以飞行轨迹有所不同。

- 在深空会合之前,瓦尔基丽将把鲍勃从昏迷状态唤醒,请他指导自己完成与机器人飞船的对接过程。

- 他们将拆卸使用机器人飞船上的太阳能板,这应该可以为飞船供应足够的电力,再次开始制造氧气。

约翰和我都是一根筋,我们实际上还计算了轨道力学、氧气需求、电源方程、日期等所有内容,非常用功,做了大量研究。我们为自己能想出拯救宇航员的方法而感到自豪。

但是你可能已经看到了我们的失误之处,并笑出了声。

因为如果我们的计划成功,那么宇航员们会在5月16日得到拯救。并在抵达火星之前,度过剩下七周的快乐时光。

这对宇航员们确实很棒。

但对故事来说，却极其可怕。

约翰和我并未发现这点，直到我们写到了会合这一场景。

我们都傻眼了。

距离故事结束，还有一百多页的篇幅。

此时却已没有足够的冲突来支撑剩下的部分（事先确实在大纲中计划了一些冲突，但当我们写到这个场景时，才发现这些冲突不仅笨拙而且矫揉造作，不足以撑起小说故事）。

这对我们无异于一场灾难。

我们早就进行了预售、收到了预付款，早就告诉了所有的作家朋友小说即将出版。

但现在，我们有的却是一个注定失败的故事。

在一个漫长的周日下午，我们通过电话召开了一次紧急会议，聊了几个小时，对会合这一场景进行了分类判断。

最初的计划，这一场应该为主动型场景，像这样：

- 目标：与机器人飞船会合。

- 冲突：机器人飞船的速度非常快，鲍勃刚被唤醒，过于疲劳而无法给予太多帮助。瓦尔基丽并非船长，但是在鲍勃的建议下，

第十四章

她有效降低了机器人飞船的速度。

- 胜利:他们成功与机器人飞船深空会合。

在设计大纲时,我们确信必须让宇航员们顺利完成会合。因为如果他们错过,就没有办法再多活几天了。他们会因为错过会合而丧命。

我们不想他们死去。

但是成功会合又会毁了故事。

我们最终决定,*他们不得不错过这次会合。*

这里再插入一点技术知识:会合要求飞船相对速度几乎为零。在高速下,无法让两艘飞船对接成功,只能缓慢地让它们并到一起。而且在太空中,飞船并没有刹车器,因此降速的方法与加速的方法如出一辙:启动引擎。但是由于火箭燃料很重,而且它只有这么多。

接着我们重新改写了这一场景的大纲:

- 目标:与机器人飞船会合。
- 冲突:机器人飞船的速度非常快,每秒超过200千米。它启动燃烧器以减速,但燃料不足,熄火了。

• 挫折：机器人飞船驶过阿瑞斯10号，迅速消失在太空的黑暗中。我们的宇航员们错过了会合，即将面临死亡的威胁。

这样一来，故事显得好多了，对吗？

当然，现在我们必须认真地思考。到底怎么救出我们的宇航员？我们不想他们失去生命，但是他们的飞船上已经没有什么可分解氧气了，电太少以至于无法产生足够的氧气。而且也没有其他机器人飞船可以为他们提供太阳能板。

但是，还有一处氧气资源我们之前没有想到，因为这种方式太奇怪了。而且这种方式产生的氧气太少了，还很冒险。

但在死亡面前，无所谓奇怪、量少、冒险。

因此，我们的宇航员奋力一搏。这疯狂的一招，让另一百页内容伴随着各种目标、冲突、挫折、反应、困境、决定，顺利诞生。我们完成了小说，编辑也很开心，即便我们没有按照最一开始告诉他的大纲进行。因为新一版故事更好。

使命达成。

这就是对症下药

检测每一个场景。

采纳有强烈感染力的。

修正尚待完善的。

丢弃那些注定毫无生命力的。

没有例外。

第十五章　清单：如何创作动人场景

这一章将会总结本书中每一章的亮点。如果你已经读到这里，那么应该已经学习了所有要点。下面这些笔记只是想提醒你所学过的内容。

读者最期待什么

读者最期待的就是故事。故事就是让读者与角色融为一体，经历一切重大危险时所发生的事。故事会塑造情绪的肌肉记忆。故事之所以会在你的内心深处发挥作用，就是因为它在给予你强有力的情绪体验的同时，还会教给你如何生存。

故事就是将角色置于考验之中

角色,就是心中有所渴望却求而不得的人。考验,就是角色求而不得的原因。故事会让读者产生错觉,认为自己就是正在经历作者所创设考验的角色,并由此产生强烈的情绪体验。

每一个场景都是一个微型故事

你的故事会由许多场景构成。每一个场景都需要独立地成为一则微型故事,传递其自身强大的情绪体验。因此,每一个场景都需要在场景考验中,关注一个或多个角色。在结尾,场景考验会被打破,而且不会再出现第二次。但是更高一层的故事考验会一直保留,直到故事结束。

场景中的人物视角

在每一个场景,你都要选择一个视点人物作为那一场的主要

角色。场景情绪的衡量,主要取决于它们如何影响到视点人物或者故事的主角。展示视点人物,有六种方法可供选择,择一即可:

- 第一人称视角
- 第二人称视角
- 第三人称视角
- 第三人称客观视角
- 跳跃视角
- 全知视角

对于场景时态,你有三个选择:

- 过去时
- 现在时
- 将来时

场景中的考验

每一个场景都会需要场景考验,它会占据场景的整个篇幅,并最终被克服。如果需要解释故事背景或者故事的世界观,以使场景考验更好理解，那么请在需要时进行解释。场景有两种标准形状，即主动型场景和被动型场景。

主动型场景由这些要素构成：

1. 目标

2. 冲突

3. 挫折（有时是胜利）

被动型场景则有以下要素：

1. 反应

2. 困境

3. 决定

主动型场景的考验，即致使视点人物未能实现目标的事物。

被动型场景的考验，即可能导致视点人物退出故事的事物。

当你不能说出场景考验为何时，场景就是不成立的。

主动型场景的心理动因

主动型场景会触发读者的一系列情感按钮。受人喜欢的角色

的目标,会让读者钦佩他,并希望他能实现愿望。不受欢迎的角色的目标,会让读者更不喜欢他,并希望他的想法落空。冲突会让读者担心情节走向,并促使他继续翻动书页阅读。挫折会让读者为主人公所遭受的一切感到难过,并迫使他翻开下一页,去阅读主人公将如何脱离麻烦。如果出现胜利,读者会感觉良好,并决定在好结局这里合上书。所以,功败垂成可能是不错的尝试。

如何创作引人注目的目标

目标是合理的,当它们:

- 符合场景的时间

- 有可能实现

- 有难度

- 符合视点人物的设定

- 具体客观

如何创作引人注目的冲突

冲突的紧张程度有高有低，你需要根据自己创作的文本类型决定采用何种方式。冲突即视点人物在实现目标过程中所做出的尝试。每一次尝试都会有阻碍，紧张程度也会越发强烈。当你设置完所有阻碍，也是时候结束场景了。

如何创作引人注目的挫折

挫折，是针对故事主人公而言，而不一定指你正创作场景中的视点人物。如果你当下的视点人物是故事中的反派，那么当他胜利时，主人公也会遭受挫折。你不会总以挫折结束场景，因为有时情况已经足够危急，以至于如果你的视点人物不死去，一切就难以更加恶化。所以，有时你需要以胜利结束主动型场景，但是可以尝试创作掺杂挫折意味的胜利。

被动型场景的心理动因

被动型场景会以"反应"开篇,这通常会充斥各种情绪。对遭受痛苦的人物产生同情,这是给予读者强大情绪体验的机会。接下来的困境并不情绪化,它更偏向理智,会让读者明白如何以新的方式面对危机。决定会让读者有机会体验果断,这是我们所有人都钦佩的,因为这种情况很罕见。

当代小说的趋势,是减少对被动型场景的运用。所以,可以适当对其进行缩减,以具有叙述性的总结展开讲述,或者干脆跳过。

如何创作引人注目的反应

合理的反应是指:

- 展示人物的感受,并让读者充分地感同身受
- 与人物性格相一致
- 反映人物的价值观、抱负、故事目标
- 与挫折成正比

如何创作引人注目的困境

困境展示的，是视点人物纠结于若干可行的计划，但此时还没有实际执行。问题在于，所有的选择都各有弊端，视点人物必须在其中找到最佳方案。有时困境展示的，是视点人物会被告知应该怎样做，而他要说服自己认可这一选择。有时困境展示的，是视点人物花费大量时间进行体力劳动，同时他的潜意识也在努力找出问题的解决之道。

如何创作引人注目的决定

决定是困境的解决方案。这称不上是一个好的选择，但至少是危害最小的。强大的决定是这样的：

- 可以强行开线。视点人物决定去做一些会减少对手选择的事情。
- 可以成为未来主动型场景的目标。
- 直面风险时，角色会迎难而上，这会让读者保持对角色的尊重。
- 会被全力践行。视点人物会竭尽全力完成新计划。

对症下药：如何修补破碎的场景

小说创作完毕之后，你仍需要对其进行编辑。编辑工作的一部分，就是要阅读每一个场景，进行分类判断——"优""差"还是"尚可"。

一些场景会呈现很好的效果，你可以立即判定它们为优。通常，如果一个场景同时满足以下要求，就可以称之为优：

• 它是一个独立清晰的故事，能给予人强大的情绪体验。

• 你可以轻松说出场景考验为何。

一些场景可能会行不通，你可以立即判定它们为差。通常，如果一个场景出现以下某个问题，就可以称之为差：

• 更高一层的故事已经有所变化，该场景与小说不相符合。

• 无法给予读者强大的情绪体验，而且很显然它永远也无法给予人力量。

• 没有明确的场景考验，而且也无法硬塞一个考验进去。

• 没有产生故事的效果，无法称之为故事。

大多数场景会得到"尚可"的评价，你需要试着用以下步骤重新调整：

- 判断场景是主动型场景还是被动型场景。如果二者都不是，那么就标记为"差"，准备砍掉。

- 如果是主动型场景，写下目标、冲突、挫折（或者胜利）。

- 如果是被动型场景，先问问自己这一场景是否真的有存在必要。在不损坏故事的前提下，是否可以对其进行总结或者删除？如果删掉该场景，是否会改善故事的叙述节奏？

- 如果你决定保留该被动型场景，请写下反应、困境、决定。

- 写下你想让读者在这一场中所感受到的情绪体验。

- 对场景进行重写。

- 再次分类判断场景，确保它的确是合格的。或者对其进行标记，日后再进行分类判断。

当你故事中的每一个场景都被分类判断，而且留下的都是通过测试的，那么，你就可以继续对故事进行更高层次的编辑。现在，你已经建构了引人入胜的小说场景。